dtv

William Saroyan

TJA, PAPA

Roman

Aus dem amerikanischen Englisch von
Nikolaus Stingl

Von William Saroyan ist bei dtv außerdem lieferbar:
Wo ich herkomme, sind die Leute freundlich (28137)

Ausführliche Informationen über
unsere Autoren und Bücher
www.dtv.de

Neuübersetzung 2019
dtv Verlagsgesellschaft mbH & Co. KG, München
Die Originalausgabe erschien 1957 unter dem Titel
›Papa You're Crazy‹ bei Little, Brown and Company in Boston.
© William Saroyan 1957
© der deutschsprachigen Ausgabe:
2019 dtv Verlagsgesellschaft mbH & Co. KG, München
© für die Innenillustrationen: Katharina Netolitzky
Gesetzt aus der Fairfield light
Satz: Bernd Schumacher, Friedberg
Druck und Bindung: CPI Books GmbH, Leck
Gedruckt auf säurefreiem, chlorfrei gebleichtem Papier
Printed in Germany · ISBN 978-3-423-28179-9

INHALT

Für Aram Saroyan

Immer dann, wenn ein Schriftsteller etwas schreibt, hätte er in der gleichen Zeit genauso gut auch etwas anderes schreiben können. Am Anfang eines neuen Werkes steht immer die Entscheidung des Schriftstellers, was und wie er schreiben soll. Für jeden Schriftsteller macht diese Entscheidung mindestens das halbe Buch aus, für manche mehr als das halbe, und für mich das ganze. Dann geht es nur noch darum, sich tatsächlich hinzusetzen und es zu schreiben, und das beherrscht man als Schriftsteller irgendwann. Ich beschloss, dieses Buch zu schreiben, weil du mich 1953 als Zehnjähriger darum gebeten hast und weil meine Fähigkeiten 1918, als ich selbst zehn Jahre alt war, für das, was ich sagen wollte, nicht ausreichten. Jetzt habe ich es endlich geschrieben, oder vielmehr, du hast es geschrieben. Ich musste mich nur an mein eigenes zehntes Lebensjahr erinnern, deines genau betrachten und die beiden übereinanderlegen, dazu noch mein fünfundvierzigstes. Deine Stimme und dein Gang sind der Gehalt, dein Blick der Stil – direkt und ernsthaft, gefolgt von respektvollem Nachdenken, einem verächtlichen Ausruf oder rätselhaftem Gelächter, je nachdem, ob das Beobachtete sich als wahr, falsch, beides oder eigentlich keines von beiden erwies. So viel in schlichtes Schreiben hineinzupacken ist das Einfachste von der Welt, wenn man es tut, und du hast es getan. Danke und alles Liebe.

William Saroyan

1

BUCH

»Alles Gute zum Geburtstag«, sagte mein Vater.

Er zog ein Buch aus der Jackentasche und reichte es mir.

»Danke, Papa«, sagte ich. »Genau das, was ich mir gewünscht habe.«

»*Der Unterkiefer*«, sagte er. »Mein neuester – und mein
letzter – Roman. Nimm ihn, und übernimm damit auch die
Aufgabe.«

Ich sah mir *Der Unterkiefer* von außen an. Dann schlug
ich die erste Seite auf und dann die letzte.

Es war ein schönes Buch.

»Was für eine Aufgabe?«, sagte ich.

»Die Aufgabe, einen Roman zu schreiben.«

»Ich kann nicht schreiben.«

»Angeben darf man nur als großer Schriftsteller«, sagte
mein Vater. »So weit bist du noch nicht.«

»Egal, aber *worüber* soll ich schreiben?«

»Über dich, natürlich.«

»Über mich? Wer bin ich denn?«

»Schreib einen Roman und finde es heraus. Was mich angeht, ich werde ein Kochbuch schreiben.«

Meine Mutter und meine kleine Schwester kamen vom Einkaufen nach Hause, und meine Mutter sagte:»Ist das nicht aufregend? Er ist zehn.«

»Ja«, sagte mein Vater.»Die Kleine ist acht, ich bin fünfundvierzig, und du bist siebenundzwanzig. Ich weiß nicht, wie wir das geschafft haben, aber ein bisschen lag's wohl auch am Essen.«

»Ja, und er isst ja auch so viel«, sagte meine Mutter.»Inzwischen wiegt er über dreißig Kilo.«

»Tja«, sagte mein Vater,»bei seiner Geburt hat er etwas über drei Kilo gewogen, das macht durchschnittlich knapp drei Kilo pro Jahr, was auch immer das bedeutet.« Er umarmte meine Schwester.

»Und dabei ist Essen so teuer«, sagte meine Mutter.»Was glaubst du, wie viel ich für diese Lebensmittel bezahlt habe?«

»Zwei Dollar?«

»Zweiund*zwanzig* Dollar.«

»Du solltest versuchen, kochen zu lernen.«

»Papa will ein Kochbuch schreiben«, sagte ich zu meiner Mutter.

»Genau, und Pete schreibt einen Roman«, sagte mein Vater.»Tja, wir haben den Monatsersten, und es tut mir leid, aber ich habe schon wieder kein Geld.«

»Was soll ich denn machen?«, sagte meine Mutter.»Ich muss einen Zehnjährigen und eine Achtjährige satt kriegen.«

»Das ist einer der Gründe, warum ich ein Kochbuch

schreiben werde«, sagte mein Vater. »Vielleicht lernst du dann, wie man beim Essen Geld spart.«

»Was sollen wir denn deiner Meinung nach essen? Reis?«

»Mit der Frage habe ich mich noch nicht eingehender befasst. Bis dahin solltest du die Lebensmittel lieber ein bisschen strecken.«

»Von dem Essen hier ist in drei Tagen kein Krümel mehr übrig.«

»Heb irgendwas auf. Ich habe im Augenblick kein Geld zu erwarten, und einen Vorschuss kann ich erst verlangen, wenn ich mit dem Kochbuch angefangen habe. Heb mindestens einen Monat lang irgendwas auf.«

»Das geht nicht«, sagte meine Mutter. »Er isst so viel. Er putzt es weg wie nichts.«

»Wie wär's denn, wenn ich ihn mit zu *mir* nach Hause nehme?«, sagte mein Vater.

»Aber du musst ihn versorgen.«

»Natürlich.«

»Und er muss pünktlich in der Schule sein.«

»Natürlich.«

»Na schön«, sagte meine Mutter. »Nimm ihn mit.«

2

MEER

Mein Vater und ich verabschiedeten uns von meiner Mutter und meiner Schwester. Wir gingen den Hügel hinunter, um per Anhalter zum Haus meines Vaters zu fahren. Es liegt elf Meilen den Highway hinauf am Strand von Malibu.

Mein Vater wollte nicht, dass meine Mutter uns hinfuhr. Er fand, ich solle mich an schwere Zeiten gewöhnen.

»Dass alles einfach ist, kommt nicht oft vor«, sagte er, »also fängst du am besten gleich an zu lernen, wie man zurechtkommt, wenn es schwierig ist.«

»Okay.«

Wir gingen ungefähr eine Meile den Sunset Boulevard entlang bis zur 101 Alternate, wurden acht oder neun Meilen von einem Pick-up mitgenommen, gingen noch ein, zwei Meilen zu Fuß und waren da.

Es war Flut, als wir das Haus meines Vaters erreichten, und die Sonne schon fast ganz im Meer. Wir gingen über die

Hintertreppe des Hauses hinunter zum Strand, um zu sehen, was wir fürs Feuer oder zum Anschauen finden konnten – Treibholz, Kiesel oder Muscheln. Mein Vater hob eine leere Coca-Cola-Kiste auf. Er sagte, die sei gut zu gebrauchen, obwohl ich mir nicht vorstellen konnte, wozu, außer um Flaschen hineinzustellen. Ich fand ein spiralförmig gewundenes Schneckenhaus, in seinen Augen ein echter Fund, etwas, was ich für den Rest meines Lebens studieren könne.

»In diesem Schneckenhaus steckt sowohl die Form als auch die Bahn der Himmelskörper«, sagte er, also sah ich es mir noch einmal genau an, von außen und von innen. Es war schon hübsch anzuschauen, ungefähr halb so groß wie meine Hand, weiß, grau und hier und da auch schwarz gefärbt, und ein Teil des Gehäuses war vom Meer weggespült worden, sodass ich sehen konnte, wie die Spirale innen aufgebaut war.

Wir gingen ungefähr eine Meile weit den Strand entlang und dann zurück, fanden aber nur noch ein halbes Dutzend Kiesel, kleiner als Walnüsse, und ein Stück Treibholz.

Als wir die Treppe zur vorderen Veranda hinaufgestiegen waren, betrachtete mein Vater das Treibholz, das er vor langer Zeit am Strand gesammelt und auf der Veranda gestapelt hatte, um ein paar Stücke für das abendliche Feuer auszusuchen.

»Das meiste ist viel zu gut, um verbrannt zu werden«, sagte er.

Ich machte die Eingangstür auf, damit er mit einer Ladung Holz für den Kamin geradewegs ins Haus marschieren konnte. Bis er das Holz auf zusammengeknülltes Zeitungspapier geschichtet hatte, war es dunkel, aber ich schaltete kein Licht ein, weil ich wusste, dass er es gern hat, wenn das erste Licht am Abend vom Feuer kommt. Er steckte sich eine Zigarette in den Mund, zündete sie an und hielt das brennende Streichholz dann an das Zeitungspapier. In der Zeit, die mein Vater brauchte, um nur ein einziges Mal zu inhalieren und den Rauch wieder auszustoßen, erfüllte das Feuer schon den Raum mit seinem Licht, das anders ist als elektrisches Licht, besser, lebendiger und wärmer. Die Schatten sprangen auf die Wände und liefen daran auf und ab.

3

MOND

»Es ist schön, dich in meinem Haus zu haben«, sagte mein Vater.

»Es ist schön, hier zu sein«, sagte ich.

»Jetzt wollen wir erst mal was essen. Ich habe ein paar Tomaten, die ich von meinen Stauden in dem kleinen Garten die Straße rauf gepflückt habe. Außerdem habe ich Reis und Olivenöl. Ich mache uns eine Pfanne Schriftstellerreis, wie ich das nenne, weil wir ja nun *beide* Schriftsteller sind.«

Mein Vater machte sich daran, Schriftstellerreis zu kochen, und ich machte mich daran, über die Geschichte nachzudenken, die zu schreiben, wie er sagte, meine Aufgabe ist – natürlich nur im Scherz, aber wer weiß? Vielleicht schreibe ich ja tatsächlich einen Roman, obwohl ich nie viel darüber nachgedacht habe, Schriftsteller zu werden.

In Wirklichkeit will ich Flieger werden. Ich will die erste

Rakete zum Mond fliegen. Davon habe ich meinem Vater einmal erzählt, und er sagte:»Ich glaube, du schaffst das.« Vielleicht finde ich eines Tages heraus, dass ich es *nicht* schaffe, aber *noch* habe ich es nicht herausgefunden. Ich will der erste Mensch der Welt auf dem Mond sein.

Trotzdem werde ich ja vielleicht auch Schriftsteller, bloß für den Fall, dass mir jemand auf dem Mond zuvorkommt, und dann kaufe ich mir ein Haus wie das meines Vaters. Allerdings weiß ich nicht, ob ich wie mein Vater zuerst heirate, einen Sohn bekomme und dann eine Tochter und dann wegen des Telefons ausziehe.

»Du bist mit dem Telefon verheiratet, nicht mit mir«, sagte mein Vater einmal zu meiner Mutter.

Meine Mutter sagte, sie habe ein Recht auf ihre Freundinnen, so wie mein Vater ein Recht auf seine Schriftstellerei habe. Sie sei eine Frau, keine Hausfrau. Sie wolle Freundinnen haben und Spaß.

Während ich die Bücher meines Vaters betrachtete und dahinterzukommen versuchte, wie er je so viele geschrieben hatte, erreichte ich endlich den Mond.

»Was werden die Leute denken, wenn ich der Erste bin?«

»Der erste was?«

»Der Erste, der es auf den Mond schafft.«

»Sie werden es glauben. Sowie du der erste Mensch auf dem Mond bist und es überall auf der Welt in sämtlichen Zeitungen steht, werden alle es glauben.«

»Warum sollten sie es denn nicht glauben?«

»Weil sie niemals glauben, dass du es bis zum Mond schaffst, so lange, bis du dort bist, und dann glauben sie es. So sind die Leute nun mal.«

»Bist du nicht auch so?«

»Nein.«

»Wie bist du denn, Papa?«

»Na ja, ich bin so: Ich sage nicht, dass du es nicht zum Mond schaffst. Ich sage: Wozu willst du eigentlich zum Mond?«

»Na, damit ich der Erste dort bin, natürlich. Warum sind diese Männer auf den Berg geklettert? Weil der Berg da ist. Das haben sie zu den Leuten gesagt, die gefragt haben. Ich will es auch als Erster auf den Mond schaffen, eben weil er da ist und weil noch niemand dort war.«

»Okay«, sagte mein Vater.

»Ich werde es nie dorthin schaffen, stimmt's?«

»Wieso nicht?«

»Ha.«

»Was soll dieses *Ha* heißen?«

»Weißt du, Papa, ich will einfach etwas tun, das ist alles. Allmählich wird es langweilig.«

»Ach ja?«

»Und ob.«

»Was willst du denn tun?«

»Das ist es ja. Ich weiß es nicht. Deswegen denke ich dauernd über den Mond nach. Ich will *wirklich* etwas tun.«

»Natürlich.«

»Nur *gibt* es nichts zu tun. Jedenfalls nichts *Richtiges*.«

»Na ja, essen kann man immer.«

Mein Vater stellte zwei Teller Schriftstellerreis auf den Tisch, und wir setzten uns und begannen zu essen.

4

TOPF

Schriftstellerreis ist das, was mein Vater gerade in der Speisekammer, im Kühlschrank, in den Fächern des Küchenschranks, in einer Schüssel oder irgendwo in einer Papiertüte hat – egal was, zusammen mit Reis gekocht.

»Zu Reis passt so gut wie alles«, versuchte mein Vater einmal meiner Mutter zu erklären, aber sie kam nie auf den Dreh und musste ständig fragen: »Passt Käse zu Reis?« Oder: »Kann man Tomatensauce über Reis gießen?« Oder: »Wie steht's mit grünen Zwiebeln?«

»Schmeckt's?«, fragte mein Vater.

»Das Schlechteste, was ich je gegessen habe.«

»Es ist noch reichlich da.«

»Wo ist mein Glas Milch?«

»Wasser tut's auch. Du bist jetzt zehn Jahre alt.«

»Was gibt es zum Nachtisch?«

»Keinen Nachtisch.«

»Viel Essen hast du ja nicht da, oder, Papa?«

»Ich habe genug Essen für einen ganzen Monat im Haus. Für *drei* Monate, falls nötig.«

»Für uns *beide*?«

»Na klar. Was ist denn Essen? Etwas, womit man sich den Bauch füllt, sonst nichts. Morgen koche ich einen Topf rote Bohnen.«

»Wie sieht's mit Steak aus?«

»Kein Steak.«

»Und mit Kuchen?«

»Kein Kuchen.«

»Und mit Geld?«

»Schon gut. Ich spiele hier nicht den Stichwortgeber für einen zehnjährigen Komiker.«

»Trotzdem, wie sieht's mit Geld aus?«

»Kein Geld.«

Mein Vater holte die Bratpfanne, füllte mir und dann sich selbst noch einmal den Teller, und dann war die Pfanne leer.

Es war nicht das Beste, was ich je gegessen habe, aber ich ließ nichts übrig. Ich füllte mir den Bauch. Ich setzte mich hungrig an den Tisch, ich war hungrig, während ich aß, und ich stand hungrig vom Tisch auf.

»Wenn du mit mir isst«, sagte mein Vater, »wirst du stark und zäh.«

»Schmecken die roten Bohnen?«

»Wenn es morgen so weit ist, dass wir uns an den Tisch setzen und sie essen, werden sie besser schmecken als jedes andere Essen auf der ganzen Welt.«

»Wieso?«

»Du und ich«, sagte mein Vater, »wir sind Schriftsteller.

Für uns ist alles besser und mehr als für jeden anderen. Du bist die ganze Zeit dabei, deinen Roman zu schreiben.«

»Ich weiß gar nicht, wo ich anfangen soll.«

»Ein Schriftsteller weiß das *nie*. Und es hat auch noch nie einer gewusst, *wann* er angefangen hat. Du hast vor langer Zeit mit deinem Roman angefangen.«

»Ehrlich?«

»Ehrlich.«

Ich stand vom Tisch auf und begann zu tanzen, und mein Vater brach in Gelächter aus, so wie ich ihn gern lachen höre – wie ein verrückter, hungriger Schriftsteller.

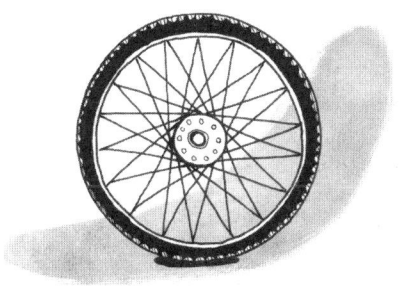

5

RAD

Mein Vater wusch die Teller ab, dann gingen wir die Vordertreppe hinauf zur Garage und holten unsere Räder. Das meines Vaters ist ein zwei Jahre altes Raleigh, meines ist das Rad,
das er mir in San Francisco gekauft hat, bevor ich vier wurde.
Es ist eines der kleinsten Zweiräder, das hergestellt wird, und
die Gabel ist verbogen. Meine Mutter wollte es der Heils-
armee geben, aber mein Vater sagte: »Ich will das Rad.« Und
er nahm es mit und stellte es in seine Garage. Jetzt ging er zu
dem kleinen roten Rad und sagte: »Du kannst mit dem großen fahren, wenn du willst, ich reinige inzwischen das kleine
hier.«

Tja, das Raleigh ist ein richtig großes Rad, aber ich kann
trotzdem damit fahren. Ich bin schon damit gefahren, als mein
Vater es nach Hause mitbrachte, also stieg ich jetzt auf und
fuhr damit die Malibu Road hinauf. Ziemlich bald hatte ich
ein ganz schönes Tempo drauf, und ich wünschte, ich könnte

lange im Haus meines Vaters bleiben. Allerdings wollte ich ihn nicht damit belämmern, weil ich weiß, dass es etwas ist, was meine Mutter entscheidet. Sie könnte ganz plötzlich anrufen und sagen:»Bring ihn nach Hause.« Und dann würde mein Vater mich zu meiner Mutter zurückbringen, wo ich mein eigenes großes Zimmer, meinen eigenen Flur und mein eigenes Bad habe. Ich mag meinen Teil des Hauses sehr. Ich mag das ganze Haus und den ganzen Garten vor und hinterm Haus samt unserem eigenen Hügel und dem Wäldchen zum Spielen – aber es geht nichts über das Haus meines Vaters.

Ich kehrte um und fuhr zurück zur Garage, um vielleicht doch mit ihm darüber zu sprechen. Er hatte das kleine rote Rad auf den Kopf gestellt und reinigte gerade die Räder und die Speichen.

»Papa?«

»Ja.«

»Meinst du, Mama lässt mich eine Weile hierbleiben?«

»Das weiß ich nicht.«

»Wenn ja, Papa, meinst du, *du* lässt mich dann hierbleiben?«

»Warum denn nicht?«

»Du weißt schon, Papa. Du bist fünfundvierzig, und ich bin zehn.«

»Ja, das stimmt.«

»Wenn ich lernen würde, selbst auf mich aufzupassen, wenn du irgendwohin musst und ich müsste zu Hause bleiben, meinst du, du würdest mich dann eine Weile hierbleiben lassen?«

»Vielleicht willst du ja schon morgen früh wieder nach Hause.«

22

»Nein, bestimmt nicht.«

»Na schön, sagen wir mal so. Du kannst so lange hierbleiben, wie du willst, wenn deine Mutter bereit ist, dich hierbleiben zu lassen.«

»Und was ist mit dir?«

»Ich *muss* hierbleiben.«

»Nein, ich meine, wie lange kann ich von *dir* aus hierbleiben?«

»Von mir aus kannst du bleiben, bis du gehen musst.«

Mein Vater stieg auf das große Rad und raste die Malibu Road hinunter, so schnell er konnte. Ich habe noch nie jemanden so schnell auf einem Fahrrad fahren sehen. Ich sprang auf das kleine rote Rad, obwohl ich dafür mittlerweile zu groß bin, und fuhr so schnell ich konnte, aber ich wusste, ich würde ihn nie einholen. Er fuhr die ganze Strecke bis zum Highway, dann kehrte er um und kam zurück.

»Folgendes solltest du dir merken«, sagte er. »Nichts in deinem Leben muss jemals nur so und nicht anders sein. Du kannst bei mir bleiben, bis du nach Hause willst. Du kannst jederzeit zurückkommen, wenn du willst. Es muss niemals nur so und nicht anders sein.«

»Das weiß ich, Papa.«

6

SCHWERT

Mein Vater weiß, dass ich manchmal böse auf ihn werde, ihn manchmal sogar hasse, weil er mir das selbst gesagt hat. Dabei dachte ich, das wäre ein Geheimnis. Er redete davon, als wäre uns das Ganze gar nicht passiert. Er sagte, es sei ganz normal, dass ein Sohn seinen Vater manchmal hasst, manchmal auch seine Mutter und manchmal alle anderen auf der Welt. »Wenn man lieben kann«, sagte er, »kann man auch hassen. Meistens liebt man natürlich, aber es ist unmöglich, nicht auch zu hassen. Hass ist ein sehr nützliches Gefühl, wenn man damit umgehen kann.«

Als mein Vater sagte, dass ich ja vielleicht schon morgen wieder bei meiner Mutter wohnen wollte, wurde ich böse auf ihn und hasste ihn wohl auch. Das merkte mein Vater, und ich schämte mich.

Wir gingen nach unten, und mein Vater legte die Schallplatte mit dem Mozart-Konzert auf, das er so sehr mag. Er stellte sich ans Fenster und blickte aufs Meer hinaus. Ich durchstöberte seinen Werkzeugkasten, um festzustellen, ob alle seine Werkzeuge da waren. Alles war ruhig. Das Klavier jagte ganz leise dahin, aber nicht so leise, dass man es nicht hören konnte und ganz genau wusste, wo es als Nächstes hinwollte.

Ich sagte zu meinem Vater: »Willst du denn, dass ich morgen nach Hause gehe, Papa?«

Mein Vater drehte sich nicht um. Er antwortete auch nicht sofort, aber ich wusste, er würde es ziemlich bald tun.

»Weißt du«, sagte er schließlich. Er sprach leise, aber ich konnte sowohl ihn als auch das Klavier hören, und es war fast so, als gehörten die Musik und das, was er sagte, zusammen.

»Weißt du«, sagte er, »du und ich – ein Vater und ein Sohn – irgendein Vater und irgendein Sohn – sind fast der gleiche Mensch, einer alt und einer jung, aber zugleich sind wir auch Fremde, mehr noch, als wenn wir uns zufällig auf der Straße begegnen würden. Natürlich möchte ich, dass du hierbleibst, aber es wäre mir unangenehm, wenn du das Gefühl hättest, du *müsstest*, nur mir zuliebe.«

»Ich bleibe nicht hier, wenn ich nicht will.«

»Danke.«

7

SPIELZEUG

Wir hörten dem Klavier zu, bis die Nadel ans Ende kam.

Die Nadel wanderte immerzu im Kreis herum, wie sie es tut, wenn sie ans Ende kommt, und machte das leise, kratzende Geräusch, das immerzu »Ende« sagt, aber mein Vater stand einfach am Fenster und blickte aufs Meer hinaus.

Wahrscheinlich dachte er über irgendetwas nach.

Ich ging zum Plattenspieler und hob die Nadel von der Platte.

»Also«, sagte mein Vater, »was ist mit deinen Hausaufgaben?«

»Die mache ich in der Schule.«

»Dann ist für morgen also alles so, wie es sein soll?«

»Klar.«

»Wenn das so ist, möchtest du dann noch Musik hören? Oder ein Spiel spielen?«

»Wie wär's mit beidem?«

»Okay. Was für Musik möchtest du gern hören?«

»Den *Dodger Song*.«

Während er die Platte heraussuchte, sang er:

»Der General, der ist ein Schwindler,
Ein stadtbekannter Schwindler.
Der General, der ist ein Schwindler,
Und ich, ich bin das auch.
Er lässt euch marschieren,
Immer auf und ab,
Aber nehmt euch in Acht, Jungs,
Er bringt euch bald ins Grab.«

Er legte die Platte auf, und der Sänger sang:

»Der Sheriff, der ist ein Schwindler,
Ein stadtbekannter Schwindler.
Der Sheriff, der ist ein Schwindler,
Und ich, ich bin das auch.
Er spielt den guten Freund,
Der das Unrecht hasst,
Aber nehmt euch in Acht, Jungs,
Er steckt euch in den Knast.«

»Und jetzt«, sagte mein Vater, »zu dem Spiel. *Wörter*. Ich sage eins, dann sagst du eins, das sich darauf reimt. Und dann sagst du eins, zu dem ich ein passendes Reimwort finden muss, ehe ich wieder eins sagen darf. Willst du anfangen?«

»Okay. Schwindler.«

»Zündler«, sagte mein Vater. »Betrüger.«

»Klüger«, sagte ich, und dann: »Meer.«

»Leer. Faul.«

»Maul. Flut.«

»Mut. Zeit.«

»Weit. Schule.«

»Spule. Schlaf.«

»Brav. Traum.«

»Gute Idee«, sagte mein Vater. »Gehen wir schlafen, damit wir vor Tagesanbruch aufstehen können.«

Also gingen wir schlafen, aber ich merke es, wenn jemand im Dunkeln wach liegt, und wusste, mein Vater war wach.

»Papa?«

»Ja.«

»Weißt du noch damals, als ich in San Francisco in dein Arbeitszimmer gekommen bin, als du gearbeitet hast?«

»Das hast du *oft* gemacht.«

»Ich meine damals, als du so getan hast, als würdest du mich nicht kennen, und ich immerzu versucht habe, dir zu sagen, wer ich bin. Das hat mir großen Spaß gemacht, weil du zwar ständig gesagt hast, du kennst mich nicht, ich wusste aber, dass das nicht stimmt. Dass du gearbeitet hast, habe ich allerdings nicht gewusst.«

»Natürlich nicht.«

»Ich konnte überhaupt nicht verstehen, was für ein Spielzeug du da die ganze Zeit hattest – die Schreibmaschine. Ich wollte immer dahinterkommen, was für ein Spiel das war, aber wenn ich mich an deine Schreibmaschine setzen durfte und versuchte, das Gleiche zu tun wie du, dann verstand ich nie, welchen Sinn das haben sollte. Ich habe erwartet, dass etwas Besseres passiert als bloß ein leises Klopfen, bei dem der Hebel hochkommt und einen Abdruck auf dem Papier hinterlässt.«

»Schlaf jetzt.«

»Okay, Papa. Ich habe aber ganz schön viele Erinnerungen, oder?«

»Ja, das hast du.«

Ich hörte dem Meer zu, dann schlief ich ein.

8

SONNE

In meinem Schlaf passierte viel, aber das meiste vergaß ich. Ich vergaß allerdings nicht, dass ich flog. Ich *selbst,* meine ich – ohne Flugzeug, ohne Rakete und auch nicht wie ein Vogel – bloß ich, und ich war sehr stolz darauf, weil es mir so leichtfiel. Meine Mutter war ziemlich überrascht.

»Fall nicht«, sagte sie.

Meine Schwester war noch überraschter als meine Mutter. Sie rannte mir nach und rief:»Bring mir das Fliegen bei. Ich will auch fliegen.«

Mein Vater sagte:»Nicht schlecht.«

Ich wachte auf, als ich meinen Vater tippen hörte. Ich wachte nicht gleich auf, als ich ihn hörte. Ich wachte auf, nachdem ich ihn schon längere Zeit hatte tippen hören, denn ich weiß noch, dass ich einen Haufen Zeug träumte, während ich das Tippen hörte, nur dass ich im Schlaf dachte, es wäre eine Trommel, und immer mal wieder losmarschierte wie ein

Soldat bei einer Parade, nur dass ich immer allein marschierte. Sowie ich allerdings aufwachte, sprang ich aus dem Bett und rannte ins Wohnzimmer. Mein Vater saß an dem Kartentisch, den man zusammenklappen und in der Kammer verstauen kann. Er hatte das elektrische Licht eingeschaltet, weil es noch dunkel war.

»Kann ich mich anziehen?«

»Klar.«

»Wie viel Uhr ist es?«

»Kurz vor sechs. In ein paar Minuten wird es hell, wenn du also Lust hast, an den Strand zu gehen und nach Sachen zu suchen, während ich das erste Kapitel des Kochbuchs fertigschreibe, nur zu.«

»Okay.«

Ich sprang in meine Kleider, rannte hinunter an den Strand und kam gerade rechtzeitig, um die Sonne hinter den Bergen im Osten aufgehen zu sehen. Am Himmel waren viele graue Wolken, die der Sonne im Weg standen, aber das Licht kam durch die Zwischenräume zwischen den Wolken. Und es war sehr hell. Ich suchte nach Sachen und fand ein paar Steine und Muscheln und ein Stück Treibholz. Aber was ich eigentlich finden wollte, fand ich nicht – eine Schatztruhe voller Gold von einem Piratenschiff. Ich werde nie eine finden, das weiß ich, weil ich inzwischen alt genug bin, um zu *wissen,* dass ich nie eine finden werde, aber jedes Mal, wenn ich an den Strand gehe, muss ich daran denken und hoffe, dass ich vielleicht doch eine finde.

9

WELT

Als ich wieder nach oben kam, hatte mein Vater seine Arbeit beiseitegelegt und Zeitungen auf dem Kartentisch ausgebreitet. Er hatte Teller, Tassen, Untertassen und alles Mögliche auf den Tisch gestellt und machte Frühstück. Ich zeigte ihm die Steine, Muscheln und das Stück Treibholz, und er sagte: »Die sind toll, alles, was du gefunden hast, ist toll. Halt sie unter den Wasserhahn und schau dir jedes Einzelne genau an. So lernst du schreiben – indem du dir alles genau anschaust.«

Also spülte ich die Steine, Muscheln und das Stück Treibholz ab, während mein Vater Frühstück machte, und schaute mir alle ganz genau an, drehte sie dabei um, sodass ich sie von allen Seiten sehen konnte, und sah eine Menge. Ich sah Sachen, die ich nie gesehen hätte, wenn ich nicht genau hingeschaut hätte. Ich sah, dass jedes kleine Ding auf der Welt viel mehr ist, als es zu sein scheint. Da war ein Kiesel, etwa halb so groß wie eine Walnuss, schwarz mit ein bisschen Rot darin, und eine perfekte weiße Linie trennte eine Kieselhälfte von der anderen, fast so, als wäre der kleine Kiesel irgendeine ganze Welt, und die weiße Linie trennte das Land vom Wasser. Beim Betrachten des Kiesels musste ich an vieles denken, und ich war froh darüber, dass ich imstande war, etwas so deutlich zu sehen, etwas so Kleines so groß zu sehen, fast so groß wie nur irgendetwas irgendwo.

»Wovon hast du denn geträumt, Papa?«

»Tja«, sagte mein Vater, »ich habe vergangene Nacht tatsächlich geträumt, und ich erinnere mich auch noch daran. Ich ging irgendwo frühmorgens eine Straße entlang und sah direkt vor mir ein ganzes Bündel neuer Geldscheine liegen, die jemand, der viel Geld in eine Bank trug, auf den Bürgersteig hatte fallen lassen, und ich hoffte, es wären keine Ein-Dollar-Scheine, denn dann hätte ich nur ungefähr fünfhundert Dollar, aber wenn es Zehn-Dollar-Scheine wären, hätte ich fünftausend Dollar.«

»Und was war es, Papa? Ein-Dollar-Scheine oder Zehn-Dollar-Scheine?«

»Hundert-Dollar-Scheine.«

»Fünfhundert Hundert-Dollar-Scheine?«

»Ja.«

»Wie viel ist das?«

»Fünfzigtausend Dollar.«

»Junge, Junge! Was hast du mit dem Geld gemacht?«

»Ich bin aufgewacht. Geh dich waschen, dann frühstücken wir.«

10

EI

Ich wusch mich und setzte mich an den Tisch, und kurz darauf stellte mein Vater eine Pfanne auf den Tisch und teilte das Essen darin zwischen uns auf.

»Was ist das?«

»Eier Malibu.«

»Was ist denn das?«

»Von mir in Malibu zubereitete Eier.«

»Was ist da drin?«

»Olivenöl, weil Olivenöl nicht so teuer ist wie Butter, weil es für einen Jungen im Wachstum oder einen Mann im Wachstum besser ist und sowieso besser zu Eiern passt. Drei Zehen Knoblauch, weil Knoblauch, in heißem Olivenöl gebräunt, das Olivenöl würzt und dann auch noch sehr gut schmeckt. Ungefähr ein Zehntel von einer Paprikaschote, in sehr kleine Stücke geschnitten. Ein paar Zweige Petersilie. Irgendein Käse, der zufällig gerade zur Hand ist, eine große, eine kleine oder eine beliebige Menge. Zwei Eier, nicht vier, aufgeschlagen in eine Schüssel, Salz und Pfeffer, etwas Milch, frisch oder aus der Dose. Ein wenig Mehl. Alles miteinander verrühren, gründlich oder nur ein bisschen, egal wie. Das ganze andere Zeug brutzelt inzwischen im Olivenöl, das sehr heiß ist. Man gießt das Zeug aus der Schüssel in die Bratpfanne. Wenn aus dem Zeug in der Pfanne die meiste Feuchtigkeit raus ist, klappt man den Kreis zu einem Halbkreis um, und nach einer halben Minute wendet man den Halbkreis. Nach einer weiteren halben Minute müssten beide Seiten schön goldbraun sein, und das Ganze ist gar, aber nicht trocken. Das Zeug in der Tasse ist natürlich Tee. Heute Nachmittag besorge ich dir Milch, aber bis dahin tut dir auch Tee gut. Natürlich nicht zu viel, und zu stark darf er auch nicht sein. Das Zeug auf dem kleinen Teller ist eine in Scheiben geschnittene Tomate. Du kannst dir davon nehmen oder auch nicht. Ich mag eine Tomate zum Frühstück.«

»Schreibst du auch *wirklich* ein Kochbuch, Papa?«

»Na sicher. Schreibst du auch wirklich einen Roman?«

»Also, ich *würde* schon gern.«

»Aber wirst du es auch tun?«

»Ich weiß nicht, wie man Tomate richtig schreibt.«

»Wie steht's mit Kartoffel?«

»Wie man das richtig schreibt, weiß ich auch nicht.«

»Was kannst du denn richtig schreiben?«

»Meinen Namen.«

»Dann bist du auch imstande, einen Roman zu schreiben.«

»Kannst du denn richtig schreiben, Papa?«

»Ich kann die Wörter richtig schreiben, von denen ich weiß, wie man sie schreibt, aber manchmal vergesse ich sogar von denen, wie man sie schreibt.«

»Was machst du dann?«

»Ich benutze ein anderes Wort.«

»Benutzt du nicht das Wörterbuch?«

»Nicht, um herauszufinden, wie man Wörter richtig schreibt.«

»Wozu dann?«

»Um zum Vergnügen darin zu lesen. Das Wörterbuch ist ein wunderbarer Roman, ein gewaltiger Gedichtband, ein Essay über Leben und Kunst.«

»Aber das allerwunderbarste Buch ist die Bibel, oder?«

»Die ist ziemlich gut.«

»Sie ist der größte Bestseller aller Zeiten, oder?«

»So sagt man. Jedes Mal, wenn ein Verlag kurz vor der Pleite steht, bringt er eine Neuausgabe der Bibel heraus.«

»Warum ist die Bibel so beliebt?«

»Vermutlich deshalb, weil kein Mensch sie liest.«

»Was tun die Menschen dann damit?«

»Sie haben sie einfach.«

»Wozu soll *das* denn gut sein?«

»Anscheinend ist es gar nicht so schlecht. Die Bibel im Haus zu haben ist so, als hätte man die Fabel der Menschheit im Haus.«

»Was ist denn die Fabel der Menschheit?«

»Du und ich beim Essen.«

»Einfach nur beim Essen?«

»Na ja, ich will mal so sagen. Du und ich, deine Mutter und deine Schwester. Das ist die menschliche Fabel. Ein Mann und eine Frau, die Vater und Mutter eines *neuen* Mannes und einer *neuen* Frau werden. Das ist die Fabel.«

»Was ist mit Flugzeugen und Mondraketen und lauter solchen Sachen?«

»Es geht alles um einen Mann und eine Frau und dann um einen neuen Mann und eine neue Frau.«

»In *der* Fabel will ich aber nicht sein.«

»In welcher Fabel willst du denn sein?«

»In meiner eigenen.«

»Okay. Wie sieht es denn mit der Schule aus?«

»Ich habe keine Lust, hinzugehen.«

»Du musst aber.«

»Wieso?«

»Unter anderem, um zu lernen, wie man Tomate und Kartoffel richtig schreibt.«

»Und was ist das andere?«

»Um deine Brüder und Schwestern zu sehen.«

»Ich habe nur eine Schwester, und die kriege ich in der Schule Gott sei Dank kaum zu sehen.«

»Aber alle anderen sind auch deine Brüder und Schwestern.«

»Ich will aber nicht, dass sie meine Brüder und Schwestern sind.«

»Sie sind es aber trotzdem.«

»Wieso?«

»Die Fabel der Menschheit.«

»Zum Teufel mit der Menschheit, Papa. Ich gehöre zur Übermenschheit.«

11

SCHLÜSSEL

Mein Vater rief jemanden namens Jockey an und fragte ihn, ob er mich auf dem Weg zu seiner Arbeit in der Bank in Pacific Palisades abholen und nach der Arbeit wieder zurückbringen könne.

Jockey holte mich ab und brachte mich nach Hause, aber eigentlich heißt er Edwardo Jonfala. Er ist Vizepräsident der Bank.

Nach der Schule sagte ich: »Ich habe eine Idee, Papa.«

»Zweifelsohne.«

»Wir gehen morgen Vormittag mit Jockey zur Bank, lassen ihn mit einem Schlüssel die Tür aufsperren, lassen ihn hineingehen und den Safe öffnen, und dann fesseln wir ihn an seinen Stuhl, nehmen das ganze Geld aus dem Safe und bringen es nach Hause.«

»Wozu?«

»Um es zu zählen.«

»Wenn du zählen willst«, sagte mein Vater, »dann zähle neunundneunzig Bohnen aus dem Glas da ab.«

»Okay«, sagte ich, »aber Bohnen sind keine Dollars.«

»Ja, das stimmt.«

»Was willst du mit neunundneunzig Bohnen?«

»Ich mache uns ein bisschen was zum Abendessen.«

»Bekomme ich heute Abend Milch?«

»Ja.«

»Ich hasse Milch.«

»Ich weiß. Wie viele hast du schon gezählt?«

»Die drei Häufchen da von jeweils neun, aber manche sind kleiner als andere, und ein oder zwei sind kaputt oder haben eine Macke. Soll ich die kaputten und die mit Macke mitzählen?«

»Nein. Nur ganze Bohnen, kleine oder große, und die kaputten und die mit Macke kannst du zur Seite legen.«

»Was machst du mit denen?«

»Ich werfe sie zu den anderen in den Topf.«

»Wozu soll dann das Zählen gut sein?«

»Neunundneunzig ganze Bohnen«, sagte mein Vater, »und zusätzlich acht oder neun kaputte oder mit Macken, und ich möchte, dass du die Bohnen noch genauer betrachtest, als du es schon getan hast. Was hast du bis jetzt zum Beispiel *noch* an ihnen bemerkt?«

»Na ja, bei einigen hat die Haut Risse, und bei den beiden da ist sie aufgequollen. Sollen die auch gezählt werden?«

»Zur Seite damit. Ich will sie mir selbst ansehen. Bist du fertig?«

»Ja, elf Häufchen von jeweils neun ganzen Bohnen, die sieben hier sind kaputt oder haben eine Macke, bei den dreien da hat die Haut Risse, und bei diesen beiden ist sie aufgequollen.«

»Und das alles deutet *worauf* hin?«

»Dass Bohnen nicht alle genau gleich sind.«

»Und worauf noch?«

»Dass das höchstwahrscheinlich auch bei allem anderen so ist.«

»Sehr gut. Du darfst dir jetzt eine Badehose anziehen, zum Strand hinuntergehen und auf mich warten. Wenn ich das Essen aufgesetzt habe, ziehe ich mir auch eine Badehose an und mache mit dir ein Wettrennen zum Red Rock.«

»Mannomann!«

Ich zog meine Badehose an und war in Nullkommanichts am Strand. Zwei, drei Minuten später kam mein Vater herunter.

12

FELSEN

Der Red Rock liegt knapp dreihundert Yards östlich vom Haus meines Vaters. Woher ich das weiß? Mein Vater hat es mir gesagt. Manchmal nennen er und ich ihn den *Fabelhaften Red Rock*, weil er als einziger Felsen am Strand rot ist. Viele Schattierungen von Rot. Alle anderen sind schwarz, jedenfalls so ziemlich. Er liegt am oberen Rand des Strandes, und das Meer erreicht ihn nur, wenn die Flut sehr hoch ist. Er ist ungefähr doppelt so groß wie ein großes Automobil.

Wir rennen so schnell wir können, und wer als Erster auf dem höchsten Punkt des Felsens steht, hat gewonnen und ist König des Felsens. Ich habe das Rennen und seine Regeln erfunden. Zuerst wollte mein Vater nicht rennen, weil er, wie er sagte, zu alt sei, aber ich sagte ihm, er sei nicht zu alt, also rannte er, und er war tatsächlich nicht zu alt.

Ich starte jedes Rennen.

Ich sage: »Auf die Plätze, fertig, los!«

Mein Vater redet beim Rennen.

»Ich glaube, diesmal schlage ich dich«, sagt er.

»Ach ja?«

Ich gebe alles, überhole ihn, und er sagt:»Du bist einfach zu schnell für mich. Du bist einfach zu jung, das ist alles.« Diesmal startete ich das Rennen, sowie mein Vater die hintere Treppe herunterkam. Und es war ein richtig gutes Rennen, vielleicht das beste bisher, weil mein Vater *richtig* rannte. Er überholte mich dreimal, aber am Ende gewann ich. Ich glaube, mein Vater hätte auch dann nicht gewinnen können, wenn er es mit aller Kraft probiert hätte. Ich fragte ihn danach, und er sagte:»Ich probiere es jedes Mal mit aller Kraft.«

Wir standen auf dem Felsen und blickten auf das weite Meer hinaus. Dann setzten wir uns hin, um auszuruhen und uns zu unterhalten.

13

WOLKE

»Na«, sagte mein Vater, »wie sieht's aus?«

»Ich finde das Meer toll. Eines Tages werde ich so ein Haus haben wie du, Papa.«

»Wie sieht's mit der Schule aus? Das habe ich gemeint.«

»Wie soll's damit aussehen?«

»Bist du gut zurechtgekommen?«

»Ich bin nicht zum Direktor geschickt worden.«

»Das ist ziemlich gut. Hast du deine Schwester gesehen?«

»Sie ist während der Mittagspause auf dem Schulhof zu mir gekommen.«

»Wie hat sie ausgesehen?«

»So wie immer.«

»Was hat sie gesagt?«

»Dass sie auch hier draußen wohnen will.«

»Ach ja?«

»Ja. Sie hat gesagt, es ist nicht fair, dass ich hier draußen wohnen darf und sie nicht.«

»Irgendwann frage ich mal ihre Mutter, ob ich sie nicht auch hierher mitnehmen darf.«

»Nein, Papa, lass sie dort. Ich habe sie schon genug gesehen.«

»Nicht jetzt. Später.«

»Es ist nicht lustig, wenn ständig eine Schwester um einen herumhängt.«

»Und was gibt es sonst noch?«

»Ich weiß nicht, Papa.«

Dann saßen wir einfach nur da. Ich sagte nichts, und mein Vater sagte nichts. Mein Vater streckte sich auf dem Felsen aus und machte die Augen zu. Ich streckte mich auch aus und schaute geradewegs nach oben.

Da oben sah ich ein paar weiße Wolken, und ich beobachtete sie lange Zeit. Sie sahen aus wie Orte, und nach einer Weile war ich da oben und lief herum. Ich sah die Welt von da oben.

Ziemlich bald kam meine Schwester angerannt und sagte, sie hätte auch das Recht, da zu sein. Ich sagte ihr, sie könnte eine Weile bleiben, wo sie sich schon so viel Mühe gemacht hatte, hier heraufzukommen.

»Aber bitte rede nicht so viel.«

Sie sagte, sie würde überhaupt nicht reden, und dabei redete sie ständig davon, dass sie überhaupt nicht reden würde, kein Wort sagen würde, bis ich ihr sagen musste, sie solle aufhören oder gehen. Da hörte sie dann auf, und ich lief herum und schaute auf die Welt hinunter, und sie ging neben mir her.

Nach einer Weile kam ich aus den Wolken und war wieder auf den Felsen.

»Zurück machen wir kein Wettrennen«, sagte mein Vater. »Wir gehen durchs Wasser und werfen einen Blick auf die schwarzen Felsen mit den Muscheln dran, denn wenn wir ein paar schöne, dicke, reife Muscheln finden, nehme ich sie mit nach Hause und koche sie. Ich mache sie mir morgen zum Abendessen, weil ich weiß, dass du sie nicht magst.«

14

MUSCHEL

Wir stiegen vom Felsen herunter, wateten ins Wasser, gingen heimwärts und machten bei den schwarzen Felsen halt, um nach schönen, dicken, reifen Muscheln zu suchen. Direkt voraus ging gerade die Sonne unter. An den Felsen fanden wir alle möglichen kleinen Muscheln, zu klein, um sie zu sammeln, nach Hause mitzunehmen und zu dämpfen, aber mein Vater entdeckte an einem der Felsen eine Stelle, wo es viele gab, die ausgewachsen waren, also pflückte er sie vom Felsen und steckte sie in die Taschen seiner Badehose, bis die Taschen voll waren, und dann gab er mir welche, damit ich sie in meine Taschen steckte, und dann nahm ich noch welche in die Hände, und er nahm welche in die Hände, und wir gingen nach Hause, kippten sie alle in die tiefe Spüle und ließen kaltes Wasser aus dem Hahn darüber laufen, und mein Vater nahm ein Fischmesser und schabte jede einzelne sauber.

An einigen klebten kleine rosa Schalen, jede geformt wie

ein Vulkan, mit offener Oberseite, und an einigen Muscheln waren kleine Dinger aus demselben Zeug, aus dem Gartenschnecken bestehen, und natürlich hatte jede Muschel ihren Bart, der aussieht wie braune Haare. Der Bart haftet innerhalb der Schale an der Muschel, und außerhalb haftet er an Felsen, damit die Muschel sich festhalten, fressen und wachsen kann.

Einmal, als mein Vater und ich von dem schwarzen Felsen hinter seinem Haus aus angelten, pflückten wir Muscheln von dem Felsen, brachen sie auf und nahmen etwas von dem Zeug im Innern als Köder. Das Zeug im Innern ist orange mit ein bisschen Schwarz an den Rändern. Die Schale ist schwarz und violett und sollte ungefähr sechs Inches lang sein, wenn man das Innere essen will. Die Schale und das, was darin ist, sind *beide* die Muschel, aber wer vorhat, aus Muscheln eine Mahlzeit zu machen, für den ist nur das Innere wichtig. Für die Muschel in der Schale bedeutet die Schale alles, denn die Muschel könnte ohne die Schale weder leben noch wachsen. Die Babymuscheln leben in den Babyschalen, und sie können sehr klein sein, aber jede Schale ist gleich geformt, so etwas wie eine perfekt geformte Mandel. Manchmal, wenn man eine Muschel von einem Felsen pflückt, findet man sechs oder sieben Babyschalen, die mit ihrem Babybart daran haften, und das ist ein sehr schöner Anblick, weil die Babyschalen immer so sauber und perfekt sind und weil man weiß, dass eine Babymuschel darin lebt. Ich denke über die Muscheln in ihren Schalen nach, und manchmal finde ich, es ist falsch, sie von dort, wo sie leben, loszureißen, aber mein Vater sagt, es ist nicht falsch oder jedenfalls nicht so falsch, dass man deswegen ein schlechtes Gewissen haben muss.

»Sie sind doch lebendig, oder?«

»Ja.«

»Und wenn wir sie von dem Felsen losgerissen haben, sterben sie, oder?«

»Ja.«

»Aber das tut doch weh, oder?«

»Nein.«

»Wieso denn nicht?«

»Empfindungslosigkeit«, sagte mein Vater. »Wir sind die einzigen Lebewesen, die nicht empfindungslos sind. Wir wissen es, wenn wir leben, und wenn man uns wehtut, wissen wir das auch.«

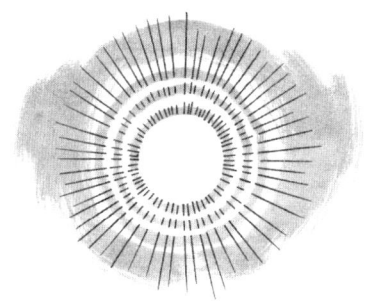

15

GOTT

Ich führte mit meinem Vater ein langes Gespräch darüber, wer wir sind und wer die Tiere sind.

Während ich meinem Vater, wie schon mein Leben lang, alle möglichen Fragen stellte und er jede Frage beantwortete, war er mit unserem Abendessen beschäftigt, und ziemlich bald verkündete er, ich solle den Tisch decken.

Das hieß, ich rückte den Kartentisch vor das große Glasfenster im Wohnzimmer. Ich stellte die zwei Stühle an ihren Platz. Ich breitete Zeitungen auf dem Tisch aus. Ich versuche immer, die Comics auf meine Seite zu legen, damit ich sie beim Essen anschauen kann, und auf die Seite meines Vaters lege ich die Seiten mit Text, weil darin so viele verschiedene Sachen stehen. Alte Zeitungen sind das beste Tischtuch überhaupt. Beim Essen schaut man sich die Sachen an, die darin stehen, und wenn man fertig ist, knüllt man das Tischtuch einfach zusammen und wirft es in den Kamin.

»Ich fasse mal kurz zusammen, was es gibt«, sagte mein Vater. »Mexikanischen Bohneneintopf, das sind neunundneunzig kleine rote Bohnen, ein halber Liter Wasser, eine gehackte braune Zwiebel, eine Paprikaschote, vier Zweiglein Petersilie, vier Knoblauchzehen, drei Esslöffel Olivenöl, drei Tomaten, etwas Chilipulver, Salz und Pfeffer.«

»Wie lange kocht man das?«

»Bis die Bohnen weich sind und alles von der Hitze schön vermischt wurde. Das dauert ungefähr zwei Stunden, aber drei sind auch nicht verkehrt.«

»Schmeckt es denn?«

»Das sagst *du* mir, wenn du es probiert hast.«

»Was gibt es dazu?«

»Brot und Wasser.«

»Das ist alles?«

»Es ist genug, aber für dich gibt es natürlich auch noch Milch, Walnüsse, Mandeln und Muskatrosinen, wenn du nach dem Essen welche möchtest.«

»Du magst es nicht, wenn es sechs oder sieben verschiedene Sachen auf einmal gibt, stimmt's, Papa?«

»Ja. Wenn man zu viele Sachen auf einmal schmeckt, schmeckt man nichts mehr richtig.«

Als mein Vater die zwei Teller mit Bohneneintopf auf den Tisch stellte, setzten wir uns, und mein Vater überraschte mich damit, dass er die Hände faltete und den Kopf senkte.

»Wofür ist das?«

»Für Gott. Ich finde es vernünftig, wenn man ab und zu versucht, mit Gott zu sprechen.«

»Okay.«

Mein Vater sagte eine halbe Minute lang nichts, dann sagte er: »Amen.«

»Hast du gebetet?«

»Ja.«

»Was hast du gesagt?«

»Ich weiß nicht. Nichts, schätze ich. Lass uns essen.«

16

REBE

Wir begannen zu essen, und das Zeug schmeckte wirklich gut.

Es waren einfach Bohnen, aber durch den Knoblauch und all die anderen Sachen wurde es mehr als die kleinen Dinger, die ich aus einem Glas abgezählt hatte, *viel* mehr als diese harten, trockenen, kleinen Dinger.

»Erzähl mir, wie es war, als du in meinem Alter warst.«

»Ich habe rein gar nichts verstanden«, sagte mein Vater. »Wusste nicht, *wen* ich fragen sollte. Wusste nicht, *wie*. Habe nicht gefragt. Ich habe einfach gewartet, als würde ich schlafen und einen seltsamen, aber wunderbaren Traum träumen. Mensch, dachte ich immer, ich wette, das wird alles gut.«

»Und, wurde es gut?«

»Allerdings. Es wurde besser, als ich es mir je hätte träumen lassen.«

»Was hast du gefunden – Geld?«

»Nein. Etwas anderes.«

»Was denn?«

»Verständnis.«

»Wann hast du das gefunden?«

»Richtig gefunden habe ich es erst mit zwölf, aber angefangen zu *vermuten*, dass man es finden kann, habe ich praktisch von Anfang an. Und zu vermuten, dass man etwas finden kann, ist fast so gut, wie es tatsächlich zu finden, aber nicht ganz. Man muss viel Geduld haben, und man muss immer weitersuchen, auch wenn alles immer verworrener wird. Aber wenn man es erst mal gefunden hat, dann *hat* man es ein für alle Mal, und es gibt keine Grenzen dafür, wie wunderbar man es anwenden kann.«

»Wie hast du es denn angewendet, Papa?«

»Na ja, ich habe keineswegs aufgehört, es anzuwenden, und ich glaube auch nicht, dass ich je damit aufhöre, aber ich habe es schon häufig angewendet, hauptsächlich beim Schreiben.«

»Wendest du es auch an, wenn du das Kochbuch schreibst?«

»Ja.«

»Papa, was ist Verständnis?«

»Das würde ich dir gern sagen, aber in Wahrheit kann das kein Mensch einem anderen sagen, nicht mal ein Vater seinem Sohn. Du wirst es wissen, wenn du es hast. Dann weißt du es ganz sicher. Es ist das Allergrößte.«

17

WEIN

Wir aßen die Bohnen, machten den ganzen Topf leer, und dann aß ich noch Rosinen und Walnüsse, und mein Vater sagte: »Irgendwelche Ideen für ein Spiel, während ich abräume?«

»Namen.«

»Gut, dann fang du an.«

»Ida«, sagte ich.

»*Ida starb vor einem Jahr*«, sagte mein Vater. »Woran sie starb, ist mir nicht klar.«

»Ha, ha, ha.«

»Amelie«, sagte mein Vater.

»*Amelie hat neue Knie, damit geht sie wie ein Vieh.*«

»Urvieh«, sagte mein Vater.

»*Uhrvieh* zum Aufziehen?«

»Ur schreibt sich U-r. Schlag es im Wörterbuch nach, während ich das Geschirr abwasche.«

Ich holte das Wörterbuch, schlug es bei *U* auf und fand es ziemlich schnell.

»Ur oder Auerochse. Im siebzehnten Jahrhundert ausgestorbene Form des Wildrindes.«

»Na bitte«, sagte mein Vater. »Wie wär's mit noch einem Namen?«

»Priscilla«, sagte ich.

»Priscilla wohnt in 'ner Villa«, sagte mein Vater und verstummte.

»Und weiter?«

»Willst du etwa noch eine zweite Zeile?«

»Klar, wenn dir eine einfällt.«

»Mal sehen. *Priscilla wohnt in 'ner Villa. Mit einem Gorilla.*«

»Ziemlich gut.«

»Isabell«, sagte mein Vater.

»*Isabell rennt furchtbar schnell.* Jetzt kommt der schwierige Teil. *Isabell rennt furchtbar schnell und hat große Angst.*«

»*Was?*«

»Ha, ha, ha. Vor dem *Gebell*, meine ich.«

»Was für ein Gebell?«

»Vor dem Gebell, das sie hört, das sich auf schnell reimt, wie in: *Isabell rennt furchtbar schnell, denn sie hört Gebell.*«

»Und was ist mit dem Teil, wo sie Angst hat?«

»Na ja, *Isabell rennt furchtbar schnell, denn sie hört Gebell und hat große Angst und wohnt auch in einer Villa mit einem Gorilla.*«

»Wie wär's mit: *Denn sie hört Gebell und riecht Hundefell?*«

»Ja.«

»Noch ein Name, dann bin ich mit Aufräumen fertig.«

»Margaretha«, sagte ich. »Mal sehen, was du *damit* hinkriegst.«

»Nichts, glaube ich.«

»Na, versuch's doch wenigstens mal.«

»Margaretha, die steht da.«

»Und weiter?«

»Das ist alles. Mehr weiß ich nicht.«

»Wie wär's mit: *Margaretha, die steht da. Für sie ist kein Stuhl da.«*

»Was reimt sich auf *Stuhl da?*«

»Nichts«, sagte ich. »Sie ist einfach ein Mädchen, das stehen muss, weil kein Stuhl für sie da ist, mehr nicht.«

»Okay«, sagte mein Vater. »Und jetzt rauf auf die Straße, ein bisschen Fahrrad fahren.«

Wir fuhren abwechselnd mit dem Raleigh, und dann warfen wir Football-Pässe, aber meine Wurfhand ist immer noch ein bisschen zu klein, um einen regulären Football richtig packen zu können, also waren meine Pässe größtenteils schlecht. Ich kann einen Football ziemlich *weit* werfen, aber einen Spiralwurf kriege ich nicht hin, und das muss ein guter Pass sein. Ich wurde allerdings ziemlich gut darin, die Spiralwürfe meines Vaters zu fangen, und ich fing sie alle im Laufen und ließ von zwanzig bis dreißig nur ungefähr sechs fallen.

18

PFERD

Mein Vater wird schneller müde als ich. Er sagt, er ist nicht *richtig* müde, es ist nur so, dass er nicht müde *werden* will. Er sagt, ich würde bis zum Umfallen weiterspielen, wenn mich niemand bremst.

Ich möchte bloß nicht mit etwas aufhören, was Spaß macht, bis ich wirklich aufhören *muss,* wie damals im Sommer, als mich mein Vater zu Andy Fidons Ranch in Dinuba mitnahm und ich Andy Fidons Araberpferd sah und fragte, ob ich darauf reiten dürfe, und aufstieg und den ganzen Nachmittag ritt und zur Abendessenszeit immer noch ritt, obwohl ich dreimal abgeworfen worden war.

Als mein Vater herüberkam, das Pferd in den Stall führte und mich herunterheben wollte, fing ich ganz plötzlich zu weinen an, weil ich nicht absteigen wollte, und mein Vater sagte: »Schon gut, ich weiß genau, wie es dir geht.«

Ich weinte und fluchte, und er brachte mich in Andy

Fidons Haus, legte mich auf ein Bett und wartete darauf, dass ich aufhörte zu fluchen und zu weinen, was ich ziemlich bald tat, und dann schlief ich ein, aber nicht so tief, dass ich es nicht merkte, als er mich zudeckte. Damals war ich fast acht. Es ging mir schlecht im Schlaf, und als ich aufwachte, wusste ich nicht, wo ich war und wie spät es war, aber mein Vater kam ins Zimmer und sagte:»Na, was sagt man dazu! Du hast fast fünf Stunden geschlafen, also musst du wohl ziemlich müde gewesen sein.«

»Tut mir leid, dass ich geflucht habe«, sagte ich, aber mein Vater sagte:»Na, na, über so unwichtige Dinge wollen wir uns doch nicht aufregen.«

Ich stand auf, ging mit meinem Vater in Andy Fidons Küche und setzte mich an den Tisch. Wir aßen spät zu Abend, weil Andy Fidon und seine Frau Rosie gesagt hatten, sie würden erst essen, wenn ich aufwachte. Mein Vater und Andy Fidon waren schon seit der Zeit befreundet, als sie noch kleine Jungs waren.

19

UNKRAUT

Jetzt, nach dem Fahrradfahren und dem Pässe-Werfen, sagte mein Vater: »Ich will hier im Garten noch ein bisschen Unkraut jäten, aber du setz dich einfach auf die Treppe oder geh ins Haus und schau dir ein Buch an.«

»Ich setze mich auf die Treppe.«

Ich setzte mich, und mein Vater schwang sich von der Vordertreppe aus in den kleinen Garten. Er hockte sich vor seine Pflanzen und begann das Unkraut herauszuziehen, das zwischen ihnen wuchs.

»Pass auf«, sagte mein Vater, »du sollst wissen, dass ich das Unkraut zwar herausziehe, es aber trotzdem bewundere.«

»Ha, ha, ha.«

»Warum lachst du?«

»Weil du zu allem etwas Gutes zu sagen hast, sogar zu dem Unkraut in deinem Garten, dabei weiß jeder, dass Unkraut zu gar nichts gut ist.«

»Unkraut muss eine Menge Prügel einstecken«, sagte mein Vater, »aber du brauchst ihm bloß den Rücken zuzudrehen, und schon ist es wieder da, so still und unscheinbar wie eh und je, ohne Stolz oder Arroganz und ohne sich darüber zu ärgern, wie oft es attackiert worden ist. Das immer wieder mitzuerleben ist ziemlich schön.«

»Unkraut. Mehr ist es nicht, Papa. Es stinkt. Es hat einen schlechten Geruch.«

»Einen ungewohnten. Es stinkt überhaupt nicht. So, wie es riecht, riecht es genau richtig. Und schlecht ist der Geruch nicht. Es riecht nicht so wie Gemüse oder Blumen, aber es ist ein durchaus schöner Geruch.«

»Ha, ha, ha.«

»Okay, mehr Unkraut will ich im Augenblick nicht jäten, also ab ins Haus, noch ein bisschen Pianola-Musik und ein bisschen Lesen, und dann ins Bett.«

Pianola-Musik ist etwas, was mein Vater sehr lieben muss. Denn ich kann mich nicht erinnern, wann er mal keine Lust hatte, welche zu hören.

20

AUTO

Freitagnachmittag, als ich mit Edwardo Jonfala von der Schule nach Hause kam, sah ich vor dem Haus meines Vaters einen kleinen roten Ford stehen und fragte mich: »Wer ist bei meinem Vater zu Besuch?«

Aber als ich die Treppe hinunter zur vorderen Veranda und weiter ins Haus ging, war niemand da außer meinem Vater, der am Kartentisch saß und an dem Kochbuch arbeitete.

»Was ist das für ein roter Ford da oben?«

»Unserer.«

»Wie kann das sein?«

»Wir haben ihn gekauft.«

»Wo haben wir das Geld her?«

»Die Jungs von Shoofey's, die Malibu Road runter, haben ihn uns ohne Anzahlung gegeben.«

»Wie viel kostet er denn?«

»Hundert Dollar.«

»Wie viel im Monat?«

»Neun Dollar, und das ein Jahr lang. Das macht hundertacht Dollar. Die acht Dollar stellen Zinsen und Finanzierungskosten dar.«

»Läuft er?«

»Scheint so.«

»Kann man das Verdeck runterklappen?«

»Ich habe es zwei-, dreimal runter- und wieder raufgeklappt, während du in der Schule warst.«

»Was für ein Baujahr ist er?«

»Na ja, er ist ziemlich alt.«

»*Wie* alt?«

»Elf Jahre.«

»Das ist ein Jahr älter als ich. Gehen wir hoch und fahren damit.«

»Okay«, sagte mein Vater. »Ich muss sowieso einiges in den Briefkasten werfen, also fahren wir zur Post.«

»Wozu haben wir ihn gekauft, Papa?«

»Du und ich, wir brauchen ein Auto«, sagte mein Vater. »Von jetzt an fahre ich dich zur Schule, aber zu der in Malibu, nicht zu der in Pacific Palisades.«

»Heißt das, ich bleibe eine Zeit lang hier?«

»Na ja, bis jetzt hast du nichts davon gesagt, dass du wieder zurückwillst, also gehe ich davon aus, dass du hierbleiben willst.«

»Klar will ich hierbleiben.«

»Okay. Montag bringe ich dich zur Schule in Malibu. Hast du in der Schule in Pacific Palisades irgendetwas zurückgelassen?«

»Bloß eine Menge Feinde.«

»Was denn für Feinde?«

»Lehrer, Schurken, Mädchen.«

»Okay. Komm, wir nehmen die Briefe da und werfen sie bei der Post in den Schlitz.«

21

STRAßE

Wir gingen zur Malibu Road hoch und stiegen in den kleinen alten roten Ford. Der Motor sprang auch tatsächlich an, kaum dass mein Vater den Startknopf gedrückt hatte, und er klang ziemlich gut.

»Ein guter Kauf, Papa.«

»Die Jungs bei Shoofey's haben ihn für einen Apfel und ein Ei gekriegt und ein bisschen am Motor geschraubt, und sie fanden, dass ich ihn bekommen soll.«

»Die Jungs bei Shoofey's sind ja wirklich nett.«

»Ja, das sind sie.«

»Warum fährst du nicht los, Papa?«

»Einen Motor muss man immer ein bisschen warm werden lassen, besonders einen neuen.«

»Neu? *Elf Jahre alt!* Bei einem Menschen ist das wie *hundert.*«

»Wahrscheinlich. Gefallen dir die Polster?«

»Woraus sind die?«

»Aus Kunstleder.«

»Doch, die gefallen mir, Papa. Sie sind toll. Lass den Wagen mal laufen. Mal sehen, ob er fährt.«

Mein Vater ließ den Wagen laufen, und er fuhr. Er fuhr ganz prima, und wir sausten die Malibu Road hinunter, als hätten wir Feuer unterm Hosenboden, und um die Kurven, als würden wir an einem dieser Autorennen teilnehmen, die einmal im Jahr in Frankreich und Italien stattfinden und die man manchmal in der Wochenschau sieht. Als wir bei Shoofey's vorbeikamen, blickten die Jungs dort alle auf und winkten, wir winkten zurück, und einer lief auf die Straße und schaute uns hinterher. Als wir auf den Highway einbogen, sagte ich: »Pass bloß auf, dass du nicht verhaftet wirst, weil du zu schnell fährst, Papa. Wir müssen uns irgendwas überlegen, wie wir die neun Dollar jeden Monat zusammenkriegen.«

»Ich fahre langsam und vorsichtig«, sagte mein Vater. »Die erste Zahlung werde ich am ersten Dezember leisten.«

»Wo willst du die neun Dollar hernehmen?«

»Na ja, ich schicke hier in diesen Umschlägen einiges weg.«

»Was denn?«

»Ach, eine kleine Geschichte, zwei Buchbesprechungen, und außerdem bitte ich einen Verleger um einen Vorschuss auf das Kochbuch.«

»Vielleicht kriegst du dann ja ein bisschen Geld.«

»Das weiß man nie.«

Wir waren im Nullkommanichts bei der Post. Mein Vater gab mir die sechs, sieben Briefe.

»Wirf *du* sie ein«, sagte er. »Das bringt Glück.«

Das tat ich, und dann fuhren wir wieder nach Hause, aber vorher machten wir noch einen kleinen Abstecher.

22

ARCHE

Wir nahmen die Straße in die Berge, die von den Gefangenen des Countys gebaut worden ist. Sie brachte uns zu der Schule, in die ich ab Montag gehen werde, anstelle derjenigen, in die ich ein Jahr lang gegangen bin.

Mein Vater hielt den kleinen roten Ford an. Wir stiegen aus und gingen einen kleinen Hang hinunter auf den Hof der Schule, die Webster heißt.

»Wer ist Webster?«

»Ein hiesiger Richter, aber was dich und mich angeht, heißt der Webster, nach dem diese Schule benannt ist, Noah.«

»Wieso *er* anstelle des hiesigen Richters?«

»Noah Webster wurde nach einem Mann benannt, der von einem Wal verschluckt wurde und es überlebt hat. Und außerdem hat er das Wörterbuch geschrieben.«

»Wer?«

»Noah.«

»Der Mann, der von dem Wal verschluckt wurde?«

»Nein, der andere.«

»Papa, du hast die Bibel nie sehr genau gelesen, stimmt's?«

»Nein, nicht besonders. Wieso?«

»Noah hat die Arche gebaut und ist damit gefahren, er ist nicht von irgendeinem Wal verschluckt worden. Ich habe die Bibel nie gelesen, aber *das* weiß sogar ich.«

»Genau«, sagte mein Vater. »Es war *Jona*, der von dem Wal verschluckt wurde. Noah ist während der Sintflut mit der Arche gefahren und hat die Tierfamilie einschließlich des Menschen gerettet. Die Schule hier ist nach Noah Webster benannt, der die englische Sprache befahren hat.«

»Und was ist mit dem hiesigen?«

»Er hat die Wahl verloren und ist nicht mehr Richter, aber selbst wenn er gewonnen hätte, selbst wenn er noch Richter wäre, wäre er immer noch der hiesige, viel zu hiesig, um seinen Namen in Stein an einer Schule stehen zu haben, in der mein Sohn – das bist du – selbst hinter einige der Schönheiten der großen, unhiesigen Welt der Worte kommen soll, denn vielleicht erinnerst du dich noch von deinen gelegentlichen Sonntagsschulstunden, dass im Anfang das Wort war.«

»Erinnern tue ich mich schon, ich bin bloß nie dahintergekommen, was das bedeutet.«

»Es bedeutet alles, was *irgendetwas* wert ist, also finde möglichst viel über Worte heraus, finde es für dich selbst heraus und erfinde nach Möglichkeit ein paar.«

»Klicher.«

»Was heißt das?«

»Ich weiß nicht, ich habe es gerade erfunden.«

»Na ja, solange wir auf dem Schulhof der Noah-Webster-

Schule stehen und durch die Glaswände in die Klassenzimmer schauen, wollen wir mal sehen, ob wir nicht dahinterkommen. Klicher. Klar und sicher?«

»Klar und sicher ist okay, aber *klicher* ist das Wort, das ich erfunden habe.«

»Richtig. Sicher und klar – *klicher*. Ist das die Bedeutung, an die du gedacht hast?«

»Ich habe an überhaupt keine Bedeutung gedacht.«

»Das musst du aber. Du *glaubst* vielleicht, du hättest an keine Bedeutung gedacht, aber du hättest schlicht und einfach nicht an keine Bedeutung denken und es erfinden können.«

»Damit kenne ich mich nicht aus.«

»*Ich* steckt auch noch drin.«

»Schön für das gute alte Ich.«

»Tja, das ist also deine neue Schule«, sagte mein Vater. »Gefällt sie dir?«

»Wieso? Hast *du* sie gebaut?«

»Nein. Habe ich mich etwa so angehört?«

»So, wie du davon geredet hast, war ich mir sicher, dass du sie gebaut hast.«

»Nein, aber ich finde, es ist eine schöne Schule, du nicht?«

»Viel Glas.«

»Völlig zu Recht. Lernen heißt sehen, und man braucht so viel Licht, wie man kriegen kann, um klar zu sehen.«

»Klicher.«

»*Was?*«

»Ha, ha, ha. Ich habe dich erschreckt, stimmt's?«

»Nein, hast du nicht. Es ist bloß ein dermaßen gutes Wort, und du verwendest es so wirkungsvoll.«

23

SCHULE

Wir gingen um die Schule herum.

Sie sah schon so aus, als müsste sie eigentlich eine ganz gute Schule sein, aber ich mag Schulen nicht. Man wird an den Start gesetzt, und dann läuft man einfach immer weiter. Jahr für Jahr derselbe Kram und vorn dieselbe Lehrerin.

Da war sie, direkt vor mir, eine *neue* Schule, gebaut aus roten Ziegeln und Glas. Ich konnte mir jede leere Bank besetzt vorstellen. Ich konnte mir die Lehrerin vorne vorstellen, wie sie höflich war, obwohl sie jeden Einzelnen von uns hasste, und ich bat Gott, nicht mehr zur Schule gehen zu müssen.

Ich hasse die Schule, das ist alles.

Gebt mir einfach eine Rakete und lasst mich zum Mond fliegen. Lasst mich einfach die amerikanische Flagge auf dem Mond aufpflanzen, zurückkommen und dem Präsidenten Bericht erstatten.

»Wir haben ihn, Sir.«

Gott, welcher Ruhm! – Der Präsident, wie er mit Tränen in den Augen von seinem Schreibtisch aufsteht, mir die Hand gibt und sagt: »Das amerikanische Volk wird dich nie vergessen.«

Was soll ich mit der Schule?

»Wer hat sie erfunden?«, fragte ich.

»Wer hat *was* erfunden?«

»Die Schule.«

»Jemand namens Leander Schule«, sagte mein Vater. »Er war Imker in Belfast, und darauf gebracht hat ihn der Bienenstock. Er hatte viele Kinder, die ihm ständig auf die Nerven gingen, also baute er einen Bienenstock für Menschen, steckte seine Kinder hinein und sagte seiner ältesten Tochter, einem zwölfjährigen Mädchen, sie solle Ordnung halten. Irgendwie schaffte sie das auch. Nun hatten aber auch viele andere Leute in Belfast viele Kinder, die ihnen auch ständig auf die Nerven gingen. Als diese Leute sahen, wie Leander das Problem mit *seinen* Kindern gelöst hatte, griffen sie die Idee auf, aber da sie im Gegensatz zu Leander keinen besonderen Ort hatten, lösten sie das Problem so, dass sie urplötzlich aufsprangen und ihre Kinder anschrien: *Na schön, alle miteinander, raus mit euch und geht zur Schule. Sagt ihm, er soll euch zu seinen Kindern stecken, und bleibt dort, bis seine Kinder nach Hause gehen.* So kam das.«

»Papa, ich hasse die Schule.«

»Na klar. Es tut dir gut, dass du etwas unentwegt so hasst, aber irgendwie *magst* du die Schule auch.«

»Na ja, wo ich nun mal hinmuss, versuche ich, wenigstens ein bisschen Spaß zu haben, während ich dort bin, wenn es das ist, was du meinst.«

»Ja, das meine ich, und vielen Leuten geht es auch mit der Welt so, weißt du.«

»Ich fliege zum Mond.«

»Ja, aber du kommst auch wieder zurück.«

»Na klar. Ich will die Anerkennung. Im Fernsehen auftreten und den Leuten sagen, wie ich es gemacht habe.«

»Wie hast du es denn gemacht?«

»Ach, Papa, ich bin in die Rakete gestiegen und hingeflogen, so habe ich das gemacht. Und Mann, wie toll es dort ist. Das werde ich nie vergessen.«

24

FLAGGE

»Auf dem Mond muss es wirklich toll sein«, sagte mein Vater. »Ich war selber nie dort, aber ich war wenigstens mal in Half Moon Bay.«

»Was ist das?«

»Eine Kleinstadt, ungefähr fünfundzwanzig Meilen südlich von San Francisco.«

»Wie ist es dort?«

»Schön.«

»Lass uns hinfahren, Papa.«

»Ich habe auch schon daran gedacht.«

»Wir haben jetzt ein Auto. Fahren wir hin. Morgen ist Samstag und am Tag danach Sonntag.«

»Und der Tag danach ist Montag, und da gehst du zum ersten Mal in diese Schule.«

»Wir könnten hinfahren, herumlaufen und wieder zurückfahren, oder?«

»Lohnt sich das denn?«

»In Half Moon Bay herumzulaufen, Papa? Klar lohnt sich das.«

»Aber du weißt ja nicht mal, wie es dort ist.«

»Aber ich weiß den Namen. Half Moon Bay. So einen Namen kriegt nicht irgendeine Stadt. Eine Stadt, die so einen Namen kriegt, hat ihn auch *verdient*. Fahren wir in dem kleinen roten Ford nach Half Moon Bay, Papa.«

»Das sind vierhundert Meilen hin und vierhundert Meilen zurück.«

»Das sind nur achthundert Meilen. Weißt du, wie weit es bis zum Mond ist?«

»Achttausend?«

»Eher acht Millionen.«

»Willst du wirklich so weit fliegen?«

»Ich *muss,* Papa.«

»Wozu?«

»Um die amerikanische Flagge hinzubringen.«

»Na gut, bevor du startest, erinnere mich bitte daran, dass ich unsere eigene Familienflagge bastele, damit du *die* auch dorthin bringen kannst.«

»Okay, aber lass uns nach Half Moon Bay fahren.«

»Tja, ich habe ungefähr achtzehn Dollar in Quarters, Dimes und Nickels im Haus versteckt, aber eigentlich hatte ich vor, dieses Geld nur anzurühren, wenn es absolut notwendig ist.«

»Jetzt ist es absolut notwendig, Papa. Fahren wir.«

»Okay«, sagte mein Vater. »Das Geld ist in einer Kaffeedose. Wir können die Dose nehmen und fahren. Jedes Mal, wenn wir Geld ausgeben müssen, kannst du hineingreifen und eine Handvoll Münzen herausnehmen.«

»Danke, Papa. Ich dachte, du lässt uns bis morgen warten, aber ich freue mich richtig, dass wir gleich fahren. Wir fahren doch gleich, oder?«

»Jetzt sofort. Ich muss schließlich herausfinden, was das Auto taugt. Und du musst in Half Moon Bay herumlaufen, stimmt's?«

»Und ob.«

Wir rannten zu dem kleinen roten Ford und stiegen ein.

25

STERN

Im Nullkommanichts waren wir auf der 101 Alternate unterwegs und rollten mit fünfzig, sechzig und dann siebzig Meilen pro Stunde dahin, nur dass der kleine Ford bei siebzig wie verrückt klapperte, sodass mein Vater ihn wieder auf sechzig herunterbremste. Wir fuhren vorbei an Zuma, dann an Trancas, und dann kamen wir an den Ort, wo mein Vater eines Tages auf eine Gruppe von Archäologiestudenten der U.C.L.A. gestoßen war, die vorsichtig in der schwarzen Erde gruben, weil Indianer dort vor drei-, vierhundert Jahren ihren Müll weggeworfen hatten.

An jenem Samstagnachmittag unterhielt sich mein Vater mit dem Lehrer, der nicht viel älter war als seine Studentinnen und Studenten, weil mein Vater gern so viel wie möglich über alles Mögliche herausfindet, und er fand heraus, dass die Studentinnen und Studenten, nachdem sie sechs Monate lang samstags gegraben hatten, zwar eine Menge darüber wussten, wie man vorsichtig gräbt und darüber Buch führt, aber nicht viel gefunden hatten. Laut dem Lehrer hatten sie auch gar nicht damit gerechnet. Er zeigte meinem Vater eine Muschelschale, die dreihundert Jahre alt war. Sie sah genauso aus wie irgendeine Muschelschale, die man heute am Strand findet.

Wir erreichten den Stadtrand von Oxnard, das gleich hinter dem Raketenstützpunkt der Navy bei Point Mugu liegt, und am Himmel über dem Meer sah ich einen einzigen Stern – bloß einen, ganz allein und weit weg.

Mein Vater sagte: »Ich sage dir, wie wir diese Fahrt hinkriegen. Immer wenn du Hunger bekommst, nimmst du etwas aus dem Pappkarton da und isst es, oder du sagst mir, dass du etwas Warmes möchtest, dann halten wir irgendwo an und sehen zu, dass wir etwas bekommen.«

»Okay, aber ich habe noch keinen Hunger, und wenn ich welchen kriege, ist in dem Karton mehr als genug, glaube ich. Wir wollen kein Geld ausgeben, außer es muss sein.«

»Ja, das stimmt. Da drin ist ein knapper Liter Milch, also bekommst du heute Abend auf jeden Fall *Milch*.«

»Wir haben jede Menge Zeug in der Kiste. Das Auto ist wirklich klasse, Papa.«

»Freut mich, dass es dir gefällt. Jetzt muss noch die Sache mit dem Schlafen geklärt werden.«

»Das lassen wir einfach.«

»Na ja«, sagte mein Vater, »ich gehe davon aus, dass ich die ganze Nacht fahre, aber nicht, dass du auch die ganze Nacht wach bleibst. Das heißt, du musst dich auf dem Rücksitz unter die Army-Decken da kuscheln und schlafen.«

»Klar, Papa, das mache ich, aber nicht gleich – wir sind ja gerade erst losgefahren.«

»Okay.«

»Wann sind wir da?«

»Die Fahrt dauert zehn Stunden. Jetzt ist es kurz vor sieben. Eine Stunde geht für Zwischenstopps drauf, also müssten wir so gegen fünf Uhr morgens dort sein. Das ist etwa eine Stunde vor Tagesanbruch. Ich glaube, es wird dir gefallen, bei Tagesanbruch dort zu sein.«

»Ich *weiß*, dass es mir gefallen wird. Und was machen wir dann?«

»Na ja, ich dachte, wir fahren den Highway hinauf in meine alte Heimatstadt, San Francisco.«

»Wieso wohnst du dort eigentlich nicht mehr?«

»Ich fühle mich dort nicht mehr zu Hause.«

»Warum nicht?«

»Na ja, ich habe wohl einfach aufgehört, in San Francisco verliebt zu sein, und für einen Schriftsteller hat es keinen Sinn, in einer Stadt zu leben, in die er nicht verliebt ist.«

»Und wenn ein Schriftsteller nun in *keine* Stadt auf der ganzen Welt verliebt ist, was dann?«

»Dann ist er in der Klemme.«

»Warum?«

»Ein Schriftsteller *muss* in diese Welt verliebt sein, sonst kann er nicht schreiben.«

»Warum nicht?«

»Weil alles Gute sich aus Liebe ergibt. Wenn ein Schriftsteller in diese Welt verliebt ist, dann ist er in alle verliebt, und wenn er wirklich daran arbeitet, kann er schreiben.«

»Bin ich in diese Welt verliebt?«

»Natürlich. Was bringt dich auf den Gedanken, dass du es *nicht* sein könntest?«

»Nichts, außer dass ich sie hasse, das ist alles.«

»Ja, ich weiß, wie du sie hasst«, sagte mein Vater.

26

FISCH

Wir fuhren immer weiter, aus Oxnard hinaus und in die Berge. Hier und da führte der Highway am Meer entlang, dann in neue Berge und Felder und wieder zurück.

Mein Vater und ich redeten und redeten, denn ich hatte noch nie im Leben eine so gute Gelegenheit gehabt, mit ihm zu reden.

Wann ich einschlief, weiß ich nicht, aber ich weiß, es war nachdem ich eine Menge Zeug aus dem Pappkarton gegessen und mein Vater sechzig oder siebzig Fragen zu allem beantwortet hatte, was ich schon immer wissen wollte.

Als ich schlief, dachte ich, ich wäre wach, weil ich auf dem großen schwarzen Felsen vor dem Haus meines Vaters stand und eine Angelschnur auswarf.

Und ganz plötzlich hatte ich den größten und kampfwütigsten Fisch meines Lebens am Haken. Ich freute mich so, dass ich »Ich hab ihn, Papa, ich hab ihn!« schrie.

Mein Vater legte den Arm um mich, zog mich an sich und drückte mich, und ich hörte ihn sagen: »Schon gut, Junge, schlaf einfach.« Zuerst verstand ich nicht, warum ich schlafen sollte, anstatt den großen Fisch aus dem Meer zu holen, aber dann wurde es mir nach und nach klar. Verdammt, ich war gar nicht auf dem schwarzen Felsen, ich war in dem kleinen roten Ford und fuhr mit meinem Vater nach Half Moon Bay. Aber ich wollte den Fisch nicht verlieren, also versuchte ich zu vergessen, dass ich träumte, jedenfalls so lang, bis ich ihn herausgeholt hatte. Aber ich konnte es einfach nicht vergessen, und dann war ich ganz plötzlich hellwach.

»Du hättest den Fisch sehen sollen, den ich beinahe gefangen hätte, Papa.«

»Wir werden eine Menge Fische fangen«, sagte mein Vater und drückte mich noch mehr.

»Aber das war nicht bloß ein Fisch, das war auch noch etwas anderes.«

»Was denn?«

»Na ja, ich weiß nicht, ob ich mich *genau* daran erinnern kann, was es noch war. Ich glaube, es war alles, was ich irgendwann bestimmt wissen werde. Ich habe noch nie einen Fisch gesehen, der sich so gewehrt hat. Gott, ich wünschte, ich hätte Zeit gehabt, ihn rauszuholen, Papa.«

»Ich auch. Dafür ist allerdings noch reichlich Zeit. Du kriegst das schon hin.«

»Hast *du* schon mal so einen Fisch gefangen?«

»Nein, aber ich arbeite daran, und eines Tages ist es so weit.«

»*So* lange dauert das?«

»Eine ganze Reihe bedeutender Männer glaubt, dass man diesen einen *nie* fängt.«

»Wieso?«

»Ich glaube, es hat damit zu tun, wie der Fisch wächst. Viele gute Angler haben diesen Fisch immer näher herangeholt, und dann lagen sie plötzlich selbst im Wasser, vom Fisch über Bord gezogen, weil er so groß geworden war.«

»Was macht man dann?«

»Dranbleiben oder loslassen.«

»Würdest *du* ihn kriegen, wenn du dranbleibst?«

»Ich weiß nicht. Das weiß niemand. Aber jeder weiß, dass man ihn nicht kriegt, wenn man loslässt.«

»Aber man kommt doch zurück auf trockenes Land, oder?«

»Ja, schon, aber selbst das ist ein Kampf, und viele Angler schaffen es nicht.«

»Es ist wirklich großes Pech, dass ich nicht lange genug geschlafen habe, um ihn an Land zu holen.«

»Ja, das finde ich auch.«

»Wie lange habe ich denn geschlafen?«

»Ungefähr fünf Minuten.«

»Das ist alles?«

»Ja, aber wenn man schläft, sind fünf Minuten eine lange Zeit.«

27

FEUER

Ich kletterte über die Lehne auf den Rücksitz, schlüpfte unter die Army-Decken, zog sie mir über den Kopf und legte mich hin.

Ich wollte sehen, ob ich einschlafen und weiter von diesem Fisch träumen konnte, aber es ging nicht. Wahrscheinlich kann man einfach nicht absichtlich träumen.

Erstens schlief ich lange Zeit überhaupt nicht ein, auch wenn ich wahrscheinlich die meiste Zeit döste.

Zweitens musste ich, anstatt an den Fisch zu denken, an andere Sachen denken.

Eines Tages vor langer Zeit fragte ich meinen Vater, was er schrieb, und er sagte, einen Roman, also wollte ich von ihm wissen, was ein Roman ist, und er sagte, es ist ein Feuer in Form einer langen Geschichte, die von einem Schriftsteller geschrieben wird. Dann fragte ich ihn, wovon die Geschichte handelt, und er sagte, dass eine gute Geschichte immer von allem handelt. Ich sagte ihm, ich würde irgendwann auch eine Geschichte schreiben, und er sagte: »Du schreibst jeden Tag eine.«

Er sagte, jeder Mensch auf der Welt *lebt* jeden Tag eine Geschichte. Es ist so etwas wie ein Brief an Gott, sagte er. Die Menschen schreiben ihn jeden Tag, aber nicht in Worten. Schriftsteller schreiben ihn *für* sie in Worten, aber das heißt nicht, dass nicht *in Wirklichkeit* die Menschen ihn schreiben.

Ich dachte über die Geschichte nach, die ich an diesem Tag gelebt hatte. Jedenfalls kam es mir so vor, als wäre es eine Geschichte und ich hätte sie den ganzen Tag geschrieben. Sie begann, als ich frühmorgens aufstand und mit meinem Vater frühstückte. Sie ging weiter, während ich in der Schule war, als ich den kleinen roten Ford vor dem Haus meines Vaters stehen sah, als wir zu der Schule in Malibu fuhren, die nach Noah Webster benannt ist, als wir uns ganz plötzlich dazu entschlossen, nach Half Moon Bay zu fahren, als wir losfuhren und während wir fuhren.

Aber das Beste an der Geschichte waren ganz andere Dinge. Es waren die Dinge, die zur gleichen Zeit vor sich gingen. Ich habe nichts dagegen, so zu schreiben, auf die Art, wie es jeder Mensch auf der Welt tut, aber ich will auch so schreiben wie mein Vater. Mich an einen Tisch setzen mit einer Schreibmaschine vor mir und mit *Worten* schreiben. Irgendwann mache ich das auch. Ich weiß nicht wann, aber ich mache es. Wahrscheinlich muss ich eine Weile warten, weil ich noch nicht tippen kann. Außerdem kann ich die meisten Worte, die ich sage und verstehe, noch nicht richtig schreiben. Und ich kriege gar nicht alles zu fassen, was ich in die Geschichte packen will, außer so, dass ich unter den Army-Decken auf dem

Rücksitz des Autos liege, das mitten in der Nacht nach Half Moon Bay fährt.

Aber ich werde es *lernen*.

Und wenn ich es gelernt habe, werde ich, glaube ich, einen Roman schreiben, wie ihn noch nie irgendwer auf der Welt geschrieben hat, denn ich weiß, was ich sagen werde. Fisch, werde ich sagen. Wasser. Ein ganzes Meer von Wasser voller Fische, das sich hin und her wiegt.

Wenn ich mich daran erinnere, wie schön ich es mein Leben lang gehabt habe, komme ich mir klug vor, aber dann erinnere ich mich plötzlich auch an all die Zeiten, in denen ich krank und traurig gewesen bin, als gehörte ich überhaupt nicht in diese Welt, und dann komme ich mir dumm vor.

Dass alles zwei Seiten hat, das ist es, was ich nicht verstehe.

Ich weiß, das wird mir das Leben schwer machen, wenn die Zeit kommt, mit Worten zu schreiben.

28

MANN

Nach einer Weile schlief ich wieder ein. Falls ich noch irgendetwas träumte, kann ich mich an nichts erinnern, nichts von dem Fisch, nichts von der Geschichte, nichts von sonst etwas. Ich schlief und vergaß alles, sogar das Auto, sogar die Fahrt nach Half Moon Bay.

Und dann stoppte plötzlich irgendetwas, und ich wachte auf.

»Wo sind wir?«

»Fast da.«

Wir standen irgendwo an einer Tankstelle mit einem kleinen Restaurant nebendran.

»Ich möchte eine Tasse Kaffee«, sagte mein Vater. »Wie wär's mit einer Tasse Kakao für dich?«

Er stieg aus dem Wagen und streckte sich. Ich stieg auch aus und streckte mich. Der Mann an der Zapfsäule war sehr alt.

»Wird wieder ein schöner Tag«, sagte er, und dann sagte er, er sei nicht die ganze Nacht auf gewesen, sondern erst vor einer Stunde aufgestanden und zur Arbeit gekommen, damit sein *Junge* schlafen gehen könne.

»Wie alt ist denn Ihr Junge?«, fragte mein Vater.

Der alte Mann lachte und sagte: »Knapp sechzig, aber irgendwann mal war er genauso alt wie Ihr Junge da. Ich selber bin knapp achtzig. Bis vor elf Jahren hat mein eigener Vater noch gelebt. Er fehlt mir richtig, der Alte.«

Der Mann redete von seinem Vater, während er Benzin in den Tank füllte, dann sagte er: »Also, wollen mal sehen. Hier steht, ich habe für vier Dollar und siebzehn Cent Benzin in Ihren Tank gefüllt.«

»Okay, Pete«, sagte mein Vater, »hol bitte die Dose und zähle vier Dollar und siebzehn Cent ab.«

Ich holte die Dose, und der Mann und ich zählten vier Dollar und siebzehn Cent ab.

Dann gingen mein Vater und ich in das kleine Restaurant, um Kaffee und Kakao zu trinken, während der alte Mann anfing, die Windschutzscheibe zu putzen.

Das Restaurant war ein Tresen mit Hockern, dahinter ein zweiter alter Mann, und sonst war niemand da. In einem Perkolator auf einem kleinen Gasherd lief Kaffee durch. Der alte Mann goss meinem Vater eine Tasse ein und sagte, er habe keinen Kakao, könne mir aber Milch warm machen, und so trank ich eine Tasse heiße Milch mit ein bisschen Kaffee aus der Tasse meines Vaters. Bald darauf kam der alte Mann von der Tankstelle herein und sagte: »Wo ich schon mal dabei war, habe ich auch den Ölstand überprüft, er ist ein bisschen niedrig, geht aber noch. Dem Kühler haben ungefähr zwei Liter

Wasser gefehlt, und die Batterie brauchte auch ein bisschen was. Die Reifen liegen alle bei dreißig, das habe ich so gelassen.«

»Das war sehr nett von Ihnen«, sagte mein Vater. »Wie wär's mit einer Tasse Kaffee mit mir und meinem Sohn?«

»Da sage ich nicht Nein«, sagte der alte Mann.

Er setzte sich neben mich. Ich schaute von ihm zu dem Mann hinter dem Tresen, und sie sahen sich so ähnlich, dass ich alles miteinander vergleichen musste. Nur beim Mund konnte ich einen kleinen Unterschied erkennen. Der alte Mann hinter dem Tresen hatte dünne Lippen, die nach unten gezogen waren. Der alte Mann neben mir hatte dünne Lippen, die nach oben gezogen waren.

»Na, Junge«, sagte der Mann neben mir, »ich nehme mal an, du versuchst dahinterzukommen, wer wer ist.«

»Ich weiß schon, wer wer ist, weil *er* da ist, und *Sie* sind hier, aber Sie sehen sich ähnlich.«

»Bei Zwillingen ist das normalerweise so«, sagte der Mann neben mir. »Dass er so finster guckt, liegt daran, dass er älter ist als ich. *Zehn Minuten* älter. Früher oder später sieht man einem das Alter bekanntlich an.«

Nachdem mein Vater drei Tassen Kaffee getrunken hatte und wir uns eine Menge witziges Gerede angehört hatten, standen wir auf, und ich zählte fünfunddreißig Cent ab und legte sie auf den Tresen.

Die Zwillingsbrüder sagten Bis dann, und wir sollten mal wiederkommen. Mein Vater und ich gingen hinaus, stiegen wieder ins Auto und fuhren weiter.

29

ROSETTE

Nachdem wir ungefähr eine Stunde gefahren waren, hielt mein Vater an und sagte: »Sehen wir uns das mal näher an.«

Wir stiegen aus und gingen auf ein Feld mit wunderschönen grünen Pflanzen.

»Artischocken.«

Mein Vater zog sein Messer mit der breiten, vorne gebogenen Einzelklinge und schnitt damit eine Artischocke ab, die ungefähr so groß war wie ein Hallen-Baseball.

»Schau sie dir genau an«, sagte er. »Du siehst die Rosette da, die Dornen, die Distel und das alles.« Er schnitt immer mehr von den Stängeln ab und tat sie in seinen Hut und unter sein Hemd. Dann gingen wir zum Auto zurück.

»Wie viele hast du gestohlen?«

»Ein Dutzend«, sagte mein Vater, »und ich habe sie nicht gestohlen.«

»Sie gehören dem Farmer, oder nicht?«

»Ich habe nur von den Stängeln genommen, die sowieso ausgelichtet werden müssen.«

»Du willst also nicht zugeben, dass du sie gestohlen hast?«

»Nein, Sir.«

Wir saßen am Straßenrand im Auto und betrachteten die wunderschönen Artischockenstängel. Es waren Hunderte, die in der kühlen, schwarzen Erde standen, und zwischen ihnen schwebte ein niedriger, zarter Dunst.

Mein Vater ließ den Wagen an, und wir fuhren weiter, aber ich blickte immer wieder zurück, um zu schauen, ob die Polizei uns verfolgte. Mein Vater muss gewusst haben, was ich dachte, denn er sagte: »Vergiss es. Bei Höchstpreisen sind zwölf Artischocken ungefähr zwei Dollar wert. Ich habe zu meiner Zeit so manchem Mann, darunter ganz bestimmt auch ein, zwei Farmern, sehr viel *mehr* als zwei Dollar gegeben. Uns wird genauso wenig jemand verfolgen, wie wir jemanden verfolgen werden.«

30

KIRCHE

Eine Zeit lang fuhren wir schweigend weiter, und dann begann mein Vater ganz plötzlich den »Dodger Song« zu singen.

»Was ist eigentlich ein Dodger?«

»Tja«, sagte mein Vater, »ein Dodger ist ein Schwindler, aber vielleicht erkläre ich dir besser, was ein Schwindler ist. Ein Schwindler ist jeder, der sich sehr anstrengen muss, um sich im Leben durchzuschlagen, ganz gleich wie und womit er sich durchschlägt. Der Sänger des Songs sagt einem immer wieder, dass er selbst auch ein Schwindler ist. Er singt vom Anwalt, vom Prediger, vom Kaufmann, und wahrscheinlich könnte er von jedem anderen auf der ganzen Welt singen und hätte immer noch recht. Wir sind alle Schwindler.«

»Denk dir eine neue Strophe aus, Papa.«

»Na ja, versuchen kann ich es.« Und er sang:

»Der Doktor, der ist ein Schwindler,
Ein stadtbekannter Schwindler,
Der Doktor, der ist ein Schwindler,
Und ich, ich bin das auch.
Er lügt euch was vor
Und schwenkt sein Messer,
Aber nehmt euch in Acht, Jungs,
Davon geht's euch nicht besser.«

»Ha, ha, ha, ziemlich gut.«

»Ziemlich schlecht.«

»Mach noch eine, Papa.«

»Schau mal da rüber.«

Ich schaute und sah direkt vor meinen Augen, fast am Strand, eine weiße Kirche.

»Half Moon Bay«, sagte mein Vater.

In weniger als einer Minute waren wir in der Stadt selbst. Es war Morgen, und ich sah zwei Männer an einer Straßenecke stehen und sich unterhalten.

Half Moon Bay ist Half Moon Bay, es ist nicht der Mond selbst, und es ist nicht der Himmel, dabei hatte ich fast geglaubt, dass es das vielleicht sein könnte. Es ist eine kleine Stadt an einer kleinen Bucht mit einer kleinen Kirche am Ende einer Straße.

Mein Vater und ich gingen zu der Kirche, weil mein Vater sagte, er gehe immer dorthin, wenn er in Half Moon Bay sei, also gingen wir hinein und sahen uns alles an. Es war still darin, und ich konnte beinahe spüren, wie Engel zwischen den Bänken hin und her gingen.

Wir *standen* einfach nur da. Wir gingen nicht den Mittelgang entlang bis zu der Stelle, wo die Bühne ist. Ich weiß, dass es nicht Bühne heißt, aber für mich ist es eine Bühne, das Gleiche wie eine Bühne in einem Theater, und das Zeug, das sich in einer Kirche abspielt, ist für mich wie ein Stück, das Gleiche wie ein Stück in einem Theater.

Als wir die Kirche verließen, sagte ich: »Was ist eigentlich eine Kirche, Papa?«

»Eines der besseren Zimmer im menschlichen Zuhause.«

»Was ist Gott?«

»Der Hausherr. Das ist so ziemlich die einzige schnelle Erklärung, die ich dir geben kann, sonst würde ich vielleicht für den Rest meines Lebens reden und käme immer mehr durcheinander.«

31

BROT

Wir bummelten durch die ganze Stadt, denn genau das hatten wir vorgehabt. Es war nichts weiter als eine ganz normale kleine Stadt, in der ganz normale Leute wohnten. Einige davon bekamen wir zu sehen. Ganz plötzlich fielen mir ihre Augen auf.

Das brachte mich zum Lachen.

»Sag mir, was so lustig ist«, sagte mein Vater.

»Augen«, sagte ich. »Wir haben auf jeden Fall *Augen*, stimmt's?«

»Sehr gut«, sagte mein Vater.

Er begann zu singen: »*I saw your eyes, your wonderful eyes.*«

Ziemlich bald hörte er auf zu singen und begann tief einzuatmen.

»Irgendwer backt hier irgendwo Brot. Hättest du gern frisches Brot?«

»Na klar.«

Wir gingen bis zur nächsten Ecke, dann *um* die Ecke, aber

wir fanden dort keine Bäckerei, also gingen wir wieder zurück zu der Stelle, wo wir hergekommen waren, und dort in der Nähe fanden wir sie dann, aber die Tür war verschlossen. Mein Vater klopfte, und dann sahen wir einen Mann im weißen Bäckerkittel mit Mehl an den Händen und im Gesicht zur Tür kommen und sie öffnen.

»Wir machen erst um sieben auf«, sagte der Mann. »Es ist noch nicht mal sechs.«

»Was backen Sie da?«

»Brot und Brötchen.«

»Kann ich nicht welche kaufen? Ich habe nicht oft Gelegenheit, frisch gebackenes Brot zu essen.«

»Dann kommen Sie doch herein«, sagte der Bäcker, also gingen mein Vater und ich hinein. Wir folgten dem Mann in den Raum, wo er und seine Frau Brot backten. Dort hinten war es warm und sauber. Auf den Metallgestellen lagen frische Laibe und frische Brötchen.

»Bedienen Sie sich«, sagte der Bäcker.

Mein Vater nahm sich eines von dem halben Dutzend Baguettes, die die Frau des Bäckers mit einer langen hölzernen Schaufel aus dem Ofen holte und ihm hinhielt, dann holte sie ihm noch eine Menge Brötchen. Mein Vater nahm sich auch ein halbes Dutzend Brötchen. Er gab mir eins und biss von einem anderen ab. Den großen Laib steckte er so, wie er war, in seine Jackentasche.

»Setzt euch«, sagte der Bäcker. »Da drüben auf dem kleinen Tisch steht Käse. Bedient euch.«

Mein Vater und ich gingen zu dem kleinen Tisch, wo sonst der Bäcker und seine Frau saßen und Brot und Käse aßen, und setzten uns.

»Kennst du den Bäcker?«

»Hab ihn noch nie im Leben gesehen.«

Der Bäcker kam herüber, brach ein Brötchen auseinander und legte etwas Käse zwischen die Hälften. Ich dachte, er würde selbst davon abbeißen, aber er reichte es mir und sagte: »Denk immer an Brot und Käse. Wenn alles andere schlecht aussieht, denk an Brot und Käse, und es geht dir gut.«

»Ja, Sir.«

»Deswegen bin ich Bäcker«, sagte er. »Ich habe viele andere Sachen ausprobiert, aber diese Arbeit ist genau die richtige für mich.«

32

FRAU

Der Bäcker brach noch ein Brötchen auseinander, legte Käse zwischen die Hälften und reichte es seiner Frau, die gerade herübergekommen war und lächelte, weil sie mit Backen fertig waren.

»Wo kommt ihr her?«, fragte die Frau des Bäckers.

»Eigentlich aus San Francisco«, sagte mein Vater, »allerdings wohnen wir jetzt schon seit einigen Jahren in Malibu und Umgebung.«

»Was machen Sie beruflich?«, fragte die Frau.

»Ich bin Schriftsteller«, sagte mein Vater.

»Sie schreiben Bücher?«

»Ja.«

»Schreiben Sie ein Buch über mich«, sagte die Frau und begann zu lachen.

»Was ich Ihnen alles erzählen könnte!«, sagte sie. »Arbeit, Arbeit, Arbeit, und die ganze Zeit lachen. Ärger, Ärger, Ärger, und die ganze Zeit lachen. Was glauben Sie, wie viele Kinder wir haben?«

»Drei«, sagte mein Vater.

»Sieben!«, sagte die Frau. »Und alle erwachsen. Mein Mann ist vierundvierzig, ich bin zweiundvierzig, unser Jüngster ist achtzehn und bei der Navy. Was sagen Sie dazu?«

»Ziemlich gut«, sagte mein Vater.

»Also sind wir jetzt allein, und wir haben diese Bäckerei. Was für ein Leben! Schreiben Sie ein Buch über mich. Sie glauben, ich bin Italienerin? Ich bin Irin. *Er* ist Italiener. Schreiben Sie ein Buch über Rose Hannigan aus Brooklyn. Was ich Ihnen alles erzählen könnte.«

»Erzählen Sie's mir«, sagte mein Vater.

»Ach, das ist eine lange Geschichte«, sagte der Bäcker anstelle seiner Frau. »Sie würde *eine Stunde* brauchen, um Ihnen alles zu erzählen, was wir bis jetzt erlebt haben.«

Der Bäcker und seine Frau setzten sich und redeten, und ich hörte zu, und dann war es sieben Uhr.

Der Bäcker öffnete die Eingangstür, und Leute kamen, um Brot zu kaufen.

Mein Vater und ich verabschiedeten uns und gingen wieder hinaus auf die Straßen von Half Moon Bay.

Aber man kann nicht ewig in Half Moon Bay bleiben, außer man wohnt dort, also stiegen wir, als die Stadt wach war und die Leute auf den Straßen kamen und gingen, wieder in den kleinen Wagen und fuhren noch weiter nach Norden, nach San Francisco.

33

BETT

Wir waren ziemlich bald dort und hielten vor einem weißen Haus.

Die Schwester meines Vaters sah uns aus dem Wagen steigen. Sie schob einen Fensterflügel hoch und sagte: »Sieh mal einer an, wer da ist.«

Wir gingen hinein und unterhielten uns, und dann gingen mein Vater und ich nach unten in seine alte Wohnung, in sein Arbeitszimmer, mit Bücherregalen vom Boden bis zur Decke, dem Pianola und dem Plattenspieler und in das Schlafzimmer mit den zwei Betten, und er sagte: »Heute Nacht ist das am Fenster dein Bett und das an der Tür meins. Aber jetzt muss ich duschen und mich ein bisschen aufs Ohr legen, und dann können wir uns San Francisco ansehen.«

»Muss ich auch duschen und mich aufs Ohr legen?«

Mein Vater sagte, ich *müsse* ganz bestimmt nicht, aber ich *sollte* auf jeden Fall, weil das Schlafen auf einem Autositz etwas anderes sei als das Schlafen in einem Bett, also duschte ich zuerst, dann zog ich einen frischen Schlafanzug an, und dann hüpfte ich ins Bett.

Als ich aufwachte, schlief mein Vater immer noch tief und fest.

Ich stand auf, zog mich an, ging ins Arbeitszimmer, lief darin herum und sah mir die Schätze meines Vaters an: seine Bücher, seine Manuskripte, seine Schallplatten, die Bilder an den Wänden, die Steine auf dem Boden, das Treibholz in den Ecken und all die anderen Sachen dort.

Ich war noch dabei, mich umzusehen, als die Schwester meines Vaters ganz leise nach unten kam, die Tür aufmachte und flüsterte: »Möchtest du etwas essen?«

»Okay.«

»Weißt du«, sagte sie, »vor nur einem Jahr warst du noch ein kleiner Junge, aber schau dich jetzt an. Du bist ja schon fast ein Mann.«

»Ich bin zehn«, sagte ich, »ha, ha, ha. Als ich fünf war, habe ich mir gewünscht, ich wäre zehn, aber jetzt, wo ich zehn bin, wünschte ich, ich wäre zwanzig.«

Wir gingen nach oben und setzten uns an den Tisch. Sie hatte eine Menge feiner Sachen zum Essen auf einem schönen weißen Tischtuch ausgebreitet, und gerade als wir anfingen zu essen, kam mein Vater nach oben und setzte sich zu uns.

»Tja«, sagte er, »es ist wirklich nett, an einem richtigen Tisch zu sitzen, auf dem ein schönes Tischtuch anstatt Zeitungspapier liegt.«

»Aber die Zeitungen sind am besten«, sagte ich. »Zur Abwechslung ist das hier mal in Ordnung, aber *unser* Tisch ist der beste.«

Mein Vater schlug seiner Schwester vor, eine kleine Fahrt mit uns zu machen, aber sie sagte: »Nein, fahrt ihr beide ohne mich. Ich muss noch ein bisschen was kochen.«

34

STRAND

Mein Vater und ich stiegen wieder ins Auto und fuhren an den Ozean, weil mein Vater, ganz gleich wohin er fährt, gern an den Ozean fährt – wenn es einen Ozean gibt, an den man fahren kann. Wenn nicht, möchte er an einen Fluss, aber wenn es auch keinen Fluss gibt, stellt er den Rasensprenger an und sieht dem Wasser zu.

Der Ozean bei San Francisco ist derselbe Ozean wie bei Malibu, aber bei San Francisco ist er kalt, der Unterschied zwischen Ebbe und Flut ist größer, und die Wellen sind stärker.

Am Strand stiegen wir aus und gingen eine Zeit lang dort spazieren, dann fuhren wir den Hügel hinauf zum Cliff House und beobachteten die Robben auf dem Seal Rock, eine ganze Großfamilie da draußen auf ihrem eigenen Felsen, über den die raue See platscht, und die Robben springen vom Felsen ins Wasser, schwimmen eine Weile herum und stemmen sich dann wieder auf den Felsen, bellen und spielen herum. Während wir sie beobachteten, dachte ich darüber nach, was für ein Leben *sie* führen. Von dem Moment an, in dem sie auf die Welt kommen, bis zu dem Moment, in dem sie sterben, hängen sie einfach zusammen herum. Sie arbeiten nicht, sie sorgen sich nicht, sie stellen nichts her, sie legen nichts zurück, sie denken nicht an gestern, morgen, daran, wer sie sind, oder sonst irgendetwas.

»Warum leben wir so, wie wir leben, und die Tiere leben einfach?«

»Was ist das denn für eine Frage?«, sagte mein Vater. »Wie wär's mit einem Hotdog?«

»Willst *du* denn einen Hotdog?«

»Na klar. Warum sollte ich keinen wollen?«

»Wir haben nicht sehr viel Geld, und wenn wir nach Hause kommen, können wir essen, so viel wir wollen.«

»Aber keine Hotdogs.«

»Vielleicht auch Hotdogs.«

»Aber keine Hotdogs *am Strand.*«

»Am Strand kosten sie einen Quarter pro Stück. Das heißt einen halben Dollar für einen Hotdog für jeden von uns. Für einen halben Dollar bekommen wir acht Liter Benzin und können über vierzig Meilen weit fahren.«

»Das stimmt schon«, sagte mein Vater, »aber ich kann Hotdogs *riechen,* und ich hätte wirklich gern einen, wenn es dir recht ist.«

»Es ist mir recht, Papa.«

Wir gingen den Hügel hinunter an den Strand und kauften für jeden von uns einen Hotdog – mit allem Drum und Dran. Mit allem Drum und Dran heißt bei einem Hotdog gehackte rohe Zwiebeln, gehackte Gewürzgurken und Piment, Senf und Chilisauce, die über die ganze Geschichte gegossen wird und oben über das Brötchen und an den Seiten herunterläuft. Mein Vater aß seinen Hotdog in drei Bissen.

»Das Beste am Geschmack eines Hotdogs ist die Welt selbst«, sagte er, »und deshalb ist der richtige Ort, um einen zu essen, auf der Straße.«

Gleich hinter dem Hotdog-Stand war das Karussell. Die Musik lief die ganze Zeit, ich hörte die Stimmen von kleinen Kindern, die einander und ihren Eltern etwas zuriefen, und ich erinnerte mich an die Zeit, als ich das selbst getan hatte. Es kam mir vor, als wäre das lange, lange her, fast in einem anderen Leben, denn ich hatte seit Jahren nicht mehr auf einem Karussell gesessen. Irgendwie hatte ich schon Lust, aber ich wollte es natürlich nicht sagen, denn dann würde mein Vater mir sagen, ich solle aufsteigen und eine Runde fahren, und schon wäre wieder ein Dime weg.

Plötzlich sagte mein Vater: »Ich weiß ja nicht, wie es dir geht, aber ich brauche jetzt eine Karussellfahrt.«

»Ohne Witz?«

»Ich nehme den Löwen. Und du?«

»Tiger.«

Wir liefen schnell um den Hotdog-Stand herum zum Kartenhäuschen und kauften Karten.

35

BAHN

Mein Vater stieg auf seinen Löwen, ich stieg auf meinen Tiger, und dann ging es zur Dschungelmusik im Kreis herum.

Immer wenn der Tiger einmal ganz herumgefahren war, kam es mir vor, als wäre ich in der Zeit ein Jahr zurück gefahren, zugleich aber auch ein Jahr vorwärts.

Als der Tiger stehen blieb, stieg ich ab und ging weg, und ich sagte: »Weißt du, Papa, ich verstehe gar nichts.«

»Mach dir nichts draus«, sagte mein Vater.

Wir gingen mitten auf der Straße zwischen den Glücksspiel-Buden dorthin, wo die verschiedenen Sachen sind, mit denen man fahren kann, und dann dorthin, wo man Eintritt bezahlen muss, wie das Crazy House oder das House of Mystery.

Es war aufregend mitzuerleben, wie aufgeregt hier alle waren, als hätten plötzlich alle bemerkt, dass sie an einem Ort voller aufregender Dinge lebten und nichts anderes zu tun hatten, als diese Dinge zu genießen und Hotdogs zu essen. Die Berg-und-Tal-Bahn brauste ihr hohes Gleis hinunter, dann um eine Kurve, die Passagiere kreischten, dann sahen wir die Bahn hinauffahren, und dann stürzte sie sich wieder hinunter und um die Kurve, und wieder kreischten die Passagiere.

Ich versuchte immerzu, die Welt zu verstehen und was es heißt, mit der großen Masse zu leben.

Mal war ich deswegen aufgeregt und froh, mal fühlte ich mich einsam und traurig.

Wir kamen ans Ende der Straße, und mein Vater sagte: »Fahren wir zum Legion of Honor Palace hinauf und werfen einen Blick auf eine andere Art von Leben.«

»Was für eine Art?«

»Das Leben, das in der Kunst steckt, das ist von allen so ziemlich das beste.«

»Wieso?«

»Weil es in diesem Leben kein *Geschrei* gibt. Beeilen wir uns, ich kann es nämlich gar nicht erwarten, mir das Zeug noch einmal anzusehen.«

Wir stiegen in den Ford und fuhren den Hügel hinauf.

36

TÜR

Der Legion of Honor Palace liegt auf einem Hügel, von dem aus man das Golden Gate, die Brücke, die Meerenge und das Meer sieht. Kurz bevor man in den Palast geht, ist überall um einen herum grüner Rasen, außerdem ein eiserner Mann auf einem eisernen Pferd und ein Mann, der dasitzt und denkt.

»Wer ist der Mann auf dem Pferd?«

»Irgendein Knilch.«

»Und wer ist *dieser* Knilch?«

»*Der Denker.*«

»Worüber denkt er nach?«

»Über sich selbst. Darüber denken alle Denker nach.«

»Wo sind seine Kleider?«

»Zu Hause.«

»Und wo ist er?«

»Genau hier. In der *Kunst.* Ein Mann namens Rodin hat diese Statue geschaffen. Angeblich ist sie ziemlich gut, aber in letzter Zeit ist alles so schlecht, dass alles, was nicht direkt armselig ist, ziemlich gut *wirkt*. Die alten Ägypter und die Hindus haben ständig bessere Sachen gemacht, als wäre es gar nichts, als könnten sie gar nicht anders. Im Gegensatz zu heute, wo praktisch niemand irgendwas hinkriegt, was auch nur ein *bisschen* gut ist.«

»Warum sagst du ihnen nicht, wie man alles macht, Papa? Du bist der klügste Mann auf der ganzen Welt.«

»Ha, ha, ha«, sagte mein Vater. »Gehen wir einfach rein, bevor sie die Tür schließen, und schauen wir uns die Kunst an.«

»Was ist eigentlich Kunst?«

»Alles Mögliche. Alles, was man auf besondere Weise anschaut, alles, was man auf besondere Weise sieht, alles, was man auf besondere Weise herstellt, alles, was man auf besondere Weise hervorhebt.«

Wir gingen hinein, und drinnen war es wie in einer Kirche. Es spielte sogar jemand Orgel, und an den Wänden hingen alle möglichen Bilder.

Und sie waren schön anzuschauen. Sie brachten einem die Dinge in Erinnerung, die man schon tausendmal gesehen, aber nie richtig bemerkt hatte: Hügel mit Gras, Bäumen und Felsen; Gesichter von Menschen und Tieren; Zimmer mit Möbeln und allen möglichen anderen Sachen; Menschen im Sitzen und Stehen; Tische mit Tellern, Obst, Käse, Brot und anderen Sachen; alle möglichen Vögel, von Jägern geschossen und mit dem Kopf nach unten hängend; Schiffe auf dem Meer; die Straßen von Großstädten; kleine versteckte Zimmer mit halb nackten Frauen, die auf ihrem Bett ausruhen oder sich gerade anziehen oder halb schlafen; ein kleines Mädchen mit einem Eimer, das in einem Garten Blumen gießt; ein Vater und eine Mutter mit ihren drei Kindern und einem großen Hund, die einen alle miteinander ansehen; eine Fabrik; eine Eisenbahn; und alle möglichen anderen Dinge.

Wir gingen von einem Saal in den nächsten und dann nach unten, wo wir Dinge wie echte Teller, Tassen, Messer und Gabeln aus alten Zeiten sahen, außerdem große Wandbehänge mit eingewebten Menschen und Tieren, die irgendeine Geschichte erzählen.

Wir sahen alles in dem ganzen Palast, auch zusammengefaltete Feuerwehrschläuche in den Fluren.

37

BLATT

Endlich gingen wir hinaus, standen auf dem Rasen, sahen zu, wie die Sonne unterging, und mein Vater sagte: »Wenn die Kunst nicht wäre, wären wir schon längst vom Angesicht der Erde verschwunden.«

Was die Kunst *wirklich* ist, was ein Mensch wirklich ist und was die Welt wirklich ist, weiß ich aber einfach nicht, das ist alles.

Während wir dastanden und zusahen, wie die Sonne im Meer unterging, sagte mein Vater: »In jedem Haus müsste es einen Kunsttisch geben, auf den Dinge gelegt werden, eines nach dem anderen, sodass sich jeder in diesem Haus die Dinge ganz genau anschauen und sie *sehen* kann.«

»Was würdest du denn auf so einen Tisch legen?«

»Ein Blatt. Eine Münze. Einen Knopf. Einen Stein. Ein kleines Stück abgerissenes Zeitungspapier. Einen Apfel. Ein Ei. Einen Kiesel. Eine Blume. Ein totes Insekt. Einen Schuh.«

»Solche Sachen hat doch jeder schon mal gesehen.«

»Natürlich. Aber niemand *schaut sie an*, und genau das ist Kunst. Vertraute Dinge so anzuschauen, als hätte man sie noch nie gesehen. Ein schlichtes Blatt Papier mit Getipptem darauf. Eine Krawatte. Ein Taschenmesser. Einen Schlüssel. Eine Gabel. Eine Tasse. Eine Schale. Eine Walnuss.«

»Wie wär's mit einem Baseball? Ein Baseball ist etwas Schönes.«

»Ganz bestimmt. Man würde etwas auf den Tisch legen und es anschauen. Am nächsten Morgen würde man es wegnehmen und etwas anderes hinlegen – *irgendetwas,* denn es gibt nichts Natur- oder Menschengemachtes, das es nicht verdient, auf besondere Weise angeschaut zu werden.«

Inzwischen war die Sonne ganz im Meer untergegangen. Auf dem Wasser und am Himmel über dem Wasser war viel oranges Licht. Auf dem Legion of Honor Hill wurde es dunkel, und mein Vater holte eine Zigarette hervor, zündete sie an, inhalierte, ließ Rauch aus Mund und Nase strömen und sagte: »Tja, mein Junge, und damit ist ein weiterer Tag der wunderbaren Welt für immer dahin.«

»Morgen gibt's allerdings einen neuen.«

»Was meinst du, sollen wir zum Embarcadero fahren und uns die Schiffe aus der ganzen Welt ansehen?«

38

SCHIFF

Wir stiegen in den Ford und fuhren auf dem Weg zum Embarcadero den Hügel hinunter.

»Ich könnte dir eine Menge über diese Stadt erzählen«, sagte mein Vater, »aber nicht nur über die Stadt, sondern auch über *dich* in der Stadt. Vor fünf oder sechs Jahren haben du, ich, deine Mutter und deine Schwester ebendiesen Ausflug, den wir beide jetzt machen, schon einmal gemacht, und du hast die Schiffe gesehen und wolltest eines *haben*.«

»Welches?«

»Die *Asia Flyer*. Den Namen werde ich nie vergessen. Du wolltest es unbedingt und hast einfach nicht verstanden, dass du es nicht haben konntest.«

»Ha, ha, ha. Wozu wollte ich es denn?«

»Wer weiß. Damals hatte ich keine Ahnung, und jetzt kannst du dich nicht mehr erinnern. Wozu wolltest du es denn haben?«

»Ich weiß nicht, Papa. Was haben wir damals gemacht?«

»Wir sind nach Hause gefahren und haben zu Abend gegessen.«

»Das sieht uns ähnlich.«

Wir fuhren die Straßen von San Francisco entlang, bergauf, bergab und um Kurven, und kamen schließlich zum Embarcadero, wo die Schiffe anlegen, und da waren sie wieder.

Hat es jemals etwas Schöneres gegeben als ein Schiff? Kein Wunder, dass ich als kleiner Junge ein Schiff haben wollte, obwohl ich noch nicht einmal wusste, was ein Schiff überhaupt ist. Hat es jemals etwas so Wirkliches und Richtiges gegeben? Etwas so Zweckmäßiges oder etwas, was jemals so viel bedeutete?

Mein Vater und ich hielten neben einem Stapel Bauholz an einer Pier, stiegen aus und sahen uns den dort liegenden Schoner an, der schon entladen war. Er war nicht groß, aber auch nicht klein, er war alt und roch nach Bauholz und dem Meer, er war grau gestrichen und hatte den Namen *West Coholey*.

»Papa«, sagte ich, »kaufen wir uns ein Schiff und fahren wir damit um die Welt. Planen wir es einfach, sparen wir unser Geld, wohnen auf einem Schiff und fahren überallhin.«

»Mit einem Schiff kommst du aber nicht auf den Mond.«

»Ha, ha, ha. Mit einer Rakete auch nicht. Das weißt du doch, Papa, also kaufen wir uns ein kleines Schiff und fahren auf *dieser* Welt überallhin, an einen Ort nach dem anderen. Wenn du willst, können wir auch Piraten sein. Ich bin dabei. Seien wir Geächtete der Seestraßen.«

»Lass mich ein bisschen darüber nachdenken.«

»Lass es uns *planen*, Papa. Planen wir, unser eigenes

Schiff zu haben, Waffen und andere Sachen zu schmuggeln, andere Boote zu kapern und solche Sachen.«

»Das wäre schon toll. Ich wünschte, das ginge.«

»Es geht aber nicht, stimmt's, Papa?«

»Na ja, leicht ist es nicht.«

»Was braucht man dazu?«

»Einen schwachen Verstand und eine Menge Glück, aber auch mit *beidem* würde es nicht sehr lange gutgehen.«

»Wieso?«

»Es ist gegen die Regeln.«

»Welche Regeln?«

»*Deine* Regeln und *meine* Regeln.«

»Ich dachte, du meinst die Regeln von England.«

»Nein, welche Regeln in England gelten, weiß ich nicht, aber unsere Regeln sind, so viel Spaß wie möglich zu haben, ohne irgendeiner Menschenseele etwas zuleide zu tun.«

»Wie macht man das denn?«

»Das weiß ich nicht, aber du wirst es nach und nach herausfinden.«

»Spaß haben wie die Piraten kann man nicht mehr, stimmt's, Papa?«

»Eigentlich ist es sowieso kein Spaß.«

»Doch, das ist es.«

»Na ja, es ist nicht der *beste* Spaß.«

»Aber es ist der *nächstbeste,* und solange wir nicht wissen, was der beste ist, ist es *praktisch* der beste, nur kann man solchen Spaß nicht mehr haben, also was soll's, werden wir eben einfach keine Piraten, und fertig.«

»Tut mir leid«, sagte mein Vater.

39

FLOß

Wir ließen die *West Coholey* hinter uns und gingen den Embarcadero entlang, um uns die anderen Schiffe anzusehen, die dort lagen, und es gibt nichts Schöneres als sie und auch nichts Schöneres als die Ideen, auf die sie einen bringen.

Ich weiß nicht, was ich täte, wenn ich ein Schiff hätte. Ein riesengroßes Schiff mit mir als Kapitän. Aber wenn ich kein riesengroßes Schiff haben und nicht Kapitän sein könnte, würde ich wenigstens gern ein ziemlich großes Schiff haben und Erster Offizier sein. Aber wenn ich das auch nicht haben und auch nicht Erster Offizier sein könnte, dann ginge vielleicht eine Jacht mit einem Kapitän und einer Mannschaft, und ich wäre einfach nur da, und es gäbe keine Fracht zu befördern, allerdings würde ich Fracht befördern, Jacht hin oder her. Aber wenn ich keine Jacht haben könnte, dann vielleicht einen Schlepper, und mein Vater und ich würden ihn steuern, große Schiffe in den Hafen bringen und den Jungs auf den großen Schiffen Hallo sagen. Aber wenn ich auch keinen Schlepper haben könnte, dann könnte ich vielleicht irgendein kleines Segelboot haben und einfach ein bisschen herumsegeln, nicht weit draußen oder so, einen Katamaran, wie man sie im Sommer vor Malibu sieht. Aber wenn ich keinen Katamaran haben könnte –

»Papa«, sagte ich, »lass uns beide ab jetzt alles Bauholz aufheben, das wir finden können.«

»Wozu?«

»Wir bauen ein Floß.«

»Was willst du denn mit einem Floß?«

»Ich will überhaupt kein Floß, aber ich habe gerade gedacht, wenn ich nicht haben kann, was ich *eigentlich* will, dann ist ein Floß besser als gar nichts.«

»Was willst du denn *eigentlich*?«

»Ein großes Schiff.«

»Das gleiche wie vor fünf Jahren?«

»Wie viel kostet ein großes Schiff?«

»Na ja, nach dem Krieg gab es eine Zeit, da konnte man dem Staat für ungefähr hunderttausend Dollar einen dieser Kriegsfrachter abkaufen.«

»Das ist nicht viel, oder?«

»Na ja, den Staat haben diese Schiffe über eine halbe Million gekostet, also waren hunderttausend für eines aus zweiter Hand schon ein ziemlich guter Kauf, aber für dich und mich sind hunderttausend Dollar ein Riesenhaufen Geld.«

»Gibt es davon überhaupt noch welche?«

»Ich glaube nicht.«

»Wer hat sie gekauft? Leute wie du und ich?«

»Nein, große Reedereien. Die machen das ständig.«

»Sind die Schiffe gut?«

»Aber sicher.«

»Lass uns alles Bauholz aufheben, das wir finden können, und so bald wie möglich ein Floß bauen.«

»Okay«, sagte mein Vater.

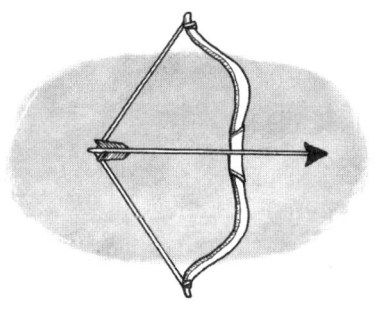

40

BOGEN

Wir gingen ungefähr eine halbe Stunde lang den Embarcadero entlang, dann kletterten wir auf einen Stapel Bauholz, und dort setzten wir uns hin und betrachteten das große Schiff vor uns, das *Fearful Friend* hieß. Wir saßen da, weil mein Vater sagte, er wolle darüber nachdenken, warum es *Fearful Friend* hieß, also dachte ich auch darüber nach, aber es kam nicht viel dabei heraus.

Warum nannte man ein Schiff furchtbarer Freund? Was für ein Freund ist ein furchtbarer Freund? Wie kann ein Freund ein Freund und zugleich furchtbar sein? Oder war es gar nicht nach einem Menschen, sondern nach einer anderen Art von Freund benannt? Und wenn ja, nach was für einer?

»Was bedeutet der Name, Papa?«

»Ich weiß nicht, aber sie haben ihn wirklich einem schönen Schiff gegeben, oder?«

»Ja – ganz schmal und ganz weiß. Sie kriegt richtig *Tempo* drauf, oder?«

»Ja, mit solchen Linien ist sie schon ein schnelles Schiff.«

»Ich wünschte, sie würde uns gehören. Als Erstes würde ich ihren Namen ändern.«

»Wie würdest du sie denn nennen?«

»Anders.«

»Wie denn?«

»*Whitey.*«

»Das ist ein guter Name für ein Kaninchen.«

»Wie wäre es mit *Pfeil und Bogen?*«

»Wie kommst du bei diesem Schiff auf *Pfeil und Bogen?*«

»Na ja, das Schiff ist der Pfeil, schmal und gerade wie ein Pfeil, und schnell.«

»Und was ist der Bogen?«

»Das Meer, denke ich. Könnte doch sein, oder?«

»Ja. Noch andere Ideen für einen Namen?«

»*Mein eigenes Boot.*«

»Noch andere?«

»*Kommen und Gehen?*«

»Gut.«

»*Jetzt oder Nie.*«

»Auch gut.«

»*Hier komme ich.*«

»Prima.«

»Ich hab's, Papa! Jetzt habe ich wirklich den richtigen Namen dafür.«

»Nämlich?«

»*Ha Ha Ha.*«

»Toller Name.«

»Das Boot sieht aber nach Lachen aus, Papa. *Wirklich*. Nicht nach irgendeinem *Furchtbaren Freund*.«

»Ja, es lässt tatsächlich an Gelächter denken.«

»Aber wer ist der *Furchtbare Freund*, Papa?«

»Die Intelligenz?«, sagte mein Vater.

»Wieso ist Intelligenz denn furchtbar?«

»Ich weiß nicht, aber meistens kommt sie einem so vor.«

»Mir nicht.«

»Du bist auch in besserer Verfassung als die meisten von uns.«

»Allerdings nicht größer als ein Jockey.«

»Du wächst noch.«

»Das hoffe ich.«

»Doch, bestimmt.«

Mein Vater streckte sich auf dem Bauholzstapel aus und machte die Augen zu.

41

KOPF

Intelligenz ist das, was man weiß, schätze ich. Es ist das, was man herausgefunden hat. Aber warum sollte das furchtbar sein? Warum sollte *irgendetwas*, was man über *irgendetwas* herausgefunden hat, einem Angst machen?

Was kann man herausfinden, das einem Angst macht? Kann man herausfinden, dass man früher oder später sterben muss? Na und? Das habe ich schon immer gewusst, aber *mir* hat es nie Angst gemacht.

Ich hatte wohl einfach keine Zeit zu glauben, dass mir so etwas passieren könnte. Warum auch? Früher oder später passiert es jedem, auch Kindern. Aber meistens passiert es Leuten, die schon lange da sind, zum Beispiel dem Mann, der im Krieg um die Neger Trommler war und mit hunderteins gestorben ist – das ist schon was, aber schließlich ist auch der Trommler gestorben. Er war damals sehr alt, und er kam im Fernsehen, wie er mit neunundneunzig bei einer

Parade mitmarschierte, und da konnte man sehen, wie alt er war.

Jeder Mensch auf der Welt weiß, dass er eines Tages tot sein wird, aber man sieht nie jemanden, der sich deswegen Sorgen macht. Vielleicht machen die Leute sich Sorgen, wenn sie allein sind. Ich weiß es nicht.

Einmal habe ich mir allerdings schon Sorgen gemacht. Die Kette an meinem Fahrrad riss, als ich bergab raste. Ich flog über die Lenkstange, knallte mit dem Kopf aufs Pflaster und ging k.o. Mein Vater brachte mich zum Röntgen ins St.-Joseph's-Krankenhaus. Eine Zeit lang konnte ich mich nicht erinnern, was passiert war, und dann war ich mir eine Zeit lang nicht sicher, was als Nächstes kommen würde.

Mein Vater sagte: »Die ganze Röntgengeschichte ist dazu da, herauszufinden, ob dein Kopf kaputtgegangen ist. Ich glaube, du hast einen schön harten Kopf. Ich glaube, das Schlimmste ist schon passiert, und du bist okay.«

Ich versuchte, zwei und zwei zusammenzuzählen.

»Wann wissen wir das genau?«

»In fünf oder zehn Minuten, wenn sie die Bilder entwickelt und sie sich angesehen haben.«

Wenn mein Kopf tatsächlich kaputtgegangen war, dachte ich, dann hieß das, ich würde sterben.

Ich wusste nicht, was ich glauben sollte, und ich fühlte mich komisch. Wahrscheinlich war ich sauer auf mich, weil ich so einen blöden Unfall gehabt hatte und für so eine Kleinigkeit jetzt vielleicht einen so hohen Preis bezahlen musste.

Nach zehn oder fünfzehn Minuten kam mein Vater herüber und sagte: »Gehen wir.«

Ich stieg vom Röntgentisch und stand wieder auf den Füßen. Mein Vater nahm meinen Kopf in die Hände. Er rubbelte ihn überall, dann drückte er die Lippen oben auf meinen Kopf und sagte: »Pass darauf auf, ja?«

Als mein Vater sich aufrichtete, sagte ich: »Papa, sag mir eins. Wie kann einer herausfinden, was ihm Angst macht?«

»Das wirst du bald genug selbst herausfinden.«

»Kannst du mir nicht schon mal einen Tipp geben?«

»Das, was mir Angst macht, ist vielleicht nicht dasselbe wie das, was dir einmal Angst machen wird.«

»Nun sag schon, Papa.«

»Na ja«, sagte mein Vater, »die Liebe ist alles – und als ich herausgefunden habe, dass sich sogar die Liebe in ein Nichts verwandeln lässt, hat mir das Angst gemacht. Und diese Angst reichte zurück bis zum Tag vor meiner Geburt und voraus bis zum Tag nach meinem Tod.«

42

HAUS

Dann standen wir auf, verließen den Embarcadero, fuhren die Market Street hinauf nach Twin Peaks, einmal rundherum, wieder hinunter und zurück zum Haus der Schwester meines Vaters.

Wir aßen zu Abend, dann gingen wir nach unten in die alte Wohnung meines Vaters und unterhielten uns, während in dem Kamin dort ein Feuer brannte. Meine Tante brachte uns eine Schale mit Obst nach unten, und wir aßen Äpfel, Birnen, getrocknete Feigen, frische Rosinen, Datteln, getrocknete Aprikosen, Pfirsiche, frische Walnüsse und Mandeln.

Mein Vater und seine Schwester unterhielten sich über ihre Familie und über Leute, die sie vor langer Zeit gekannt hatten und die schon tot waren.

Nach einer Weile sagte meine Tante Gute Nacht, ging nach oben, wo der größere Teil des Hauses ist, und mein Vater und ich gingen ins Bett, lasen, bis wir müde wurden, dann schaltete mein Vater das Licht aus, und wir schliefen.

Wir hatten einen schönen Aufenthalt in San Francisco, und dann kehrten wir um und fuhren zurück. Wir kamen am Sonntagabend bei Sonnenuntergang bei dem Haus am Strand von Malibu an. Wir gingen hinein, öffneten die Fenster, drehten das Wasser auf, gingen auf die hintere Veranda, um einen weiteren Blick auf das Meer zu werfen, und dann gingen wir hinunter an den Strand und rannten zum Red Rock. Wir rannten nicht um die Wette, wir rannten einfach, bloß um zu rennen, weil wir wieder zu Hause waren.

Und dann gingen wir zurück.

Auf dem Rückweg hoben wir Kiesel, Muscheln und Treibholz auf, wie wir es immer tun, und dann gingen wir nach oben und machten zum Abendessen ein Picknick.

Nach dem Abendessen sagte mein Vater: »Tja, morgen früh heißt's zurück in die Schule, also: Worin bist du *schlecht*?«

»In Rechtschreibung. Das ist mein schlechtestes Fach. Am einen Tag kann ich ein Wort richtig schreiben, und am nächsten Tag kann ich es nur falsch schreiben.«

Also arbeiteten wir an der Rechtschreibung, aber mein Vater sagte mir, ich soll mir keine Sorgen machen. Er sagte mir, ich soll lernen, wie man neue Wörter jederzeit richtig anwendet, das ist eigentlich das Wichtige. Wenn das, was man schriftlich sagt, klar und jedes Wort falsch geschrieben ist, dann ist das, was man sagt, *trotzdem* klar, und niemand kann einen missverstehen.

Wir erfanden ein kleines Spiel, das mir helfen sollte, auf den Trichter zu kommen. Man nimmt ein Wort wie zum Beispiel Decke, und dann geht man das Alphabet durch und ändert das Wort so oft wie möglich – von Decke zu Ecke, dann von Ecke zu Hecke und so weiter. Das bringt einem eine Menge über Wörter bei, und ab und zu erlebt man auch ein paar Überraschungen.

»Gefällt dir der Gedanke, zu Hause zu sein?«, fragte mein Vater.

»Klar, aber verreisen gefällt mir auch.«

Wir arbeiteten noch ein bisschen an Wörtern, dann sagte mein Vater, ich könne mir noch eine Stunde lang einen Band der *Encyclopaedia Britannica* anschauen, was ich auch tat, und dann gingen wir schlafen, und da war es wieder, unser Meer.

Es gibt nichts Schöneres als das Meer, das ist alles. Es ist das Größte und das Beste und hört niemals auf. Die ganze Zeit hin und her, morgens, mittags und abends, Jahr für Jahr. Man geht weg, und das Meer macht einfach weiter. Man geht *weit* weg, bis dahin, wo überall Land ist und es nirgendwo nach Meer riecht, und das Meer ist trotzdem noch da und wiegt sich hin und her. Man geht in sich selbst weit weg, so wie man es tut, wenn man einschläft, und das Meer ist *trotzdem* noch da.

Das Meer ist das Größte, Beste, Allererste und etwas, was man ewig lieben kann.

43

VOGEL

Als ich am Morgen aufwachte, rannte ich auf die hintere Veranda hinaus, und dort stand mein Vater in einer Badehose am Geländer und schaute aufs Meer. Die Sonne ging gerade auf, und das Meer donnerte gegen den großen schwarzen Felsen und über die ganze Reihe kleinerer Felsen in seiner Nähe. Die Möwen segelten um den Felsen und am Strand hin und her. Die kleinen Vögel, die ihren langen schwarzen Schnabel in den Sand bohren, bewegten sich alle mit der Brandung vor und zurück und bohrten die ganze Zeit. Und ungefähr hundert Yards weit draußen flogen fünf Pelikane in perfekter Formation knapp sechs Fuß über der Wasseroberfläche.

»Na«, sagte mein Vater, »wie kommst du mit deinem Roman voran?«

»Weißt du, Papa, *eigentlich* schreibe ich das Buch gar nicht, aber ich denke die ganze Zeit darüber nach. Wie kommst du denn mit deinem Kochbuch voran?«

»Bei mir ist es wohl genauso. Ich schreibe es auch nicht, aber ich koche ständig. Was soll es zum Frühstück geben? Buchweizenpfannkuchen? Maisbrot? Brötchen? Ich habe alle Zutaten in der Speisekammer. Oder etwas anderes? Haferbrei? Gekochte Kartoffeln, in Butter gebraten?«

»Haben wir denn gekochte Kartoffeln?«

»Klar. Ich habe ein halbes Dutzend gekocht, als ich vor ein paar Stunden aufgestanden bin.«

»Bist du die ganze Zeit auf gewesen?«

»Ich bin ziemlich früh aufgewacht. Ich bin wohl froh, wieder zu Hause zu sein.«

»Ich auch, Papa. Können wir in Butter gebratene Kartoffeln essen?«

»Was noch?«

»Buchweizenpfannkuchen?«

»Was noch?«

»Milch? Milch muss ich ja wohl trinken, oder?«

»Ich denke schon.«

Mein Vater machte sich an die Zubereitung und sagte schon nach ganz kurzer Zeit: »Okay, putz dir richtig gründlich die Zähne und wasch dich richtig gründlich, und bis du fertig bist, habe ich das Zeug auf dem Tisch.«

Ich wusch mich, und wir setzten uns an den Tisch vor dem großen Glasfenster und aßen.

»Also«, sagte mein Vater, »bevor ich dich zur Schule fahre, ein paar einfache Fragen und Antworten, wie im Kindergarten. Was ist der Anfang?«

»Was meinst du damit, Papa?«

»Hör dir die Frage an, überlege und beantworte sie dann so, wie du magst. Was ist der Anfang?«

»Ich.«

»*Wann* ist der Anfang?«

»Wenn ich morgens aufwache.«

»Wann ist das Ende?«

»Wenn ich morgens nicht mehr aufwache.«

»Sehr gut«, sagte mein Vater. »Was ist *zwischen* dem Anfang und dem Ende?«

»Ich.«

»Wer *bist* du?«

»Ich habe keinen blassen Schimmer. Sag *du's* mir.«

»Das kann ich nicht. Wie gefällt es dir, wieder zur Schule zu gehen?«

»Das weißt du doch, Papa. Ich hasse es.«

»*Du* weißt, dass du es keineswegs hasst.«

»O doch, das tue ich, Papa. Ich hasse die Schule, und du kannst mir nicht einreden, dass nicht. Ich hasse jede Minute. Ich hasse sie von vorne bis hinten. Ich hasse das Gebäude. Ich hasse die Lehrer. Ich hasse das Zeug, das ich lernen soll.«

»Wenn du mit deinem Frühstück fertig bist, dann komm, ich fahre dich hin, dann kannst du sie noch ein bisschen mehr hassen.«

»Keine Sorge, das werde ich tun.«

»Weshalb?«

»Weil es nicht der richtige Ort zum Lernen ist, deshalb.«

»Was ist denn der richtige Ort zum Lernen?«

»Meer, Zuhause und Welt.«

»Was spricht dagegen, auch in der Schule ein bisschen was zu lernen?«

»Es macht keinen Spaß, das spricht dagegen.«

»Okay. Fahren wir.«

Wir sprangen vom Tisch auf. Ich rannte zur Tür und machte sie auf. Mein Vater zerknüllte Zeitungspapier zu einem Ball, warf ihn mir zu, ich fing ihn und rannte die Vordertreppe hinauf.

44

BALL

Mein Vater fuhr zum Highway und dann ein Stück darauf entlang. Als wir zu der Straße kamen, die bergab zur Schule führt, sagte ich: »Lass mich hier raus, Papa. Den Rest des Weges will ich zu Fuß gehen.«

»Sehr gut«, sagte mein Vater. Er sagt auf sechs oder sieben verschiedene Arten *sehr gut,* manchmal ganz normal, manchmal komisch, und diesmal sagte er es wie ein Politiker.

»Komm mich nach der Schule nicht abholen«, sagte ich. »Ich will zu Fuß nach Hause gehen.«

»Sehr gut«, sagte er noch einmal, aber diesmal klang der Politiker so stolz und doof, dass ich in Lachen ausbrach und losmarschierte.

»Einen Moment noch«, sagte mein Vater. »Wo ist dein Lunchpaket?«

Ich öffnete rasch die Wagentür und nahm mein Lunchpaket vom Rücksitz, wo ich es hingelegt hatte.

»Sehr gut«, sagte er wieder. Diesmal brachen wir beide in Lachen aus, und dann fuhr er weg, und ich ging die Straße hinunter zur Schule.

Und da war es alles wieder, wie eh und je – die Schule, der Hof, die weißen Linien auf dem Asphalt für die verschiedenen Spiele, der Basketballkorb mit dem Netz am Metallring, das Volleyballfeld mit dem durchhängenden Netz, die Jungs, die Mädchen, die Lunchpakete, die Fahrräder, die Bücher, die Lehrer, der Vormittag: ein weiterer *Schul*vormittag, und jedes Gesicht bekümmert. Ich legte mein Lunchpaket auf eine Bank, nahm den Basketball und dribbelte damit übers Feld. Drei Mal versuchte ich, einen Korb zu werfen, und schaffte es nicht, und dann nahm ich einen Jungen namens Gus zur Seite und sagte: »Gus, du hast deine Sandwiches, und ich habe meine. Schwänzen wir die Schule und gehen wir in die Berge.«

Gus gefiel die Idee. Mehr als alles andere auf der Welt *wollte* er die Schule schwänzen, aber er hatte Angst davor. Ich wohl auch, denn ich ging nicht allein. Irgendwas bremst einen immer. Die Regeln, schätze ich. Man hasst sie, aber man bricht sie nicht.

Die elektrische Klingel ertönte, wir gingen alle hinein und setzten uns, und da vorne stand unsere Lehrerin, Miss Chollop – wo kam sie nur bloß immer her?

Eine Minute schleppte sich zur nächsten. Tausend Gedanken kamen mir in den Kopf und verschwanden wieder, und dann war es endlich Mittag.

Das erste Sandwich war mit Erdnussbutter und Honig, also legte ich es zurück und sah nach, wie das zweite war. Das zweite war mit Fleischwurst und Senf, also aß ich es. Das

nächste war mit Tomatenscheiben und Olivenöl. Das Erd-
nussbutter-Sandwich aß ich zuletzt. Erdnussbutter zu essen
schiebe ich immer so lange hinaus, bis es nichts anderes mehr
zu essen gibt, aber immer, wenn ich dann Erdnussbutter esse,
fällt mir auf, wie gut sie schmeckt.

Gus und ich redeten darüber, was wir auf unseren Sandwiches hatten, dann spielten wir noch ein bisschen Basketball. Schneller, als wir es erwartet hatten, wurde es wieder
Zeit, hineinzugehen und vor Miss Chollop zu sitzen.

45

GRAS

Endlich war die Schule aus, und ich ging den Hügel hinauf und die Straße entlang nach Hause. Es gibt keine bessere Zeit auf der Welt als nach der Schule und keinen besseren Ort als eine Straße an einem Hang, wo es überall um einen herum etwas anzuschauen gibt. Vögel zu beobachten, Erdhörnchen dabei zuzusehen, wie sie weiche, schwarze Erde aus ihren unterirdischen Häusern schieben, Schmetterlinge, die mit Blumen herummachen, Bienen, die immer wieder in alles hineinsummen, was wächst, Libellen, die direkt auf einen zuhalten, scharf abbiegen und auf Kopfhöhe in der Luft stehen wie ein Hubschrauber, und nicht weit weg und nicht einmal schlecht der starke Geruch eines Skunks, und hoch droben drei Pelikane, die weiter die Küste hinauffliegen, zu einer besseren Stelle, wo sie auf dem Meer sitzen und Fische fangen können, und dazu alle möglichen Felsen, Gras, Blumen, Bäume und Freiheit.

Als ich zu Hause ankam, trat mein Vater gerade zur Haustür heraus.

»Ich muss das Zeug hier zur Post bringen. Kommst du mit?«

Wir fuhren zur Post, und er steckte sechs oder sieben Umschläge in den Luftpostkasten, daher wusste ich, dass sie alle nach New York gingen, wo die Herausgeber und die Verlage sitzen. Dann gab er im Lebensmittelladen einen Dollar aus und nahm sich sechs Exemplare des *Christian Science Monitor* von dem Ständer, auf den Abonnenten sie stellen, damit andere sie gratis mitnehmen können, und dann fuhren wir nach Hause und rannten zum Strand hinunter.

»Na«, sagte mein Vater, »so schlecht war die Schule gar nicht, oder?«

»Papa, ich will dich mal was fragen. Wenn du so eine Frage stellst, was für eine Antwort erwartest du dann?«

»Eine ehrliche, natürlich.«

»Jedes Mal, wenn du so eine Frage stellst, *will* ich sie zuerst auch ehrlich beantworten, und dann frage ich mich plötzlich, was du *eigentlich* hören willst, und versuche, *das* zu sagen, anstatt ehrlich zu sein.«

»Wie lange geht das schon so?«

»Mein ganzes Leben.«

»Schade. Beantworte jede Frage, die ich stelle, ehrlich.«

»Die Schule war schlimmer, als ich gedacht hätte.«

»Tatsächlich?«

»*Viel* schlimmer.«

»Na ja, immerhin haben wir *diese* Frage jetzt ehrlich beantwortet.«

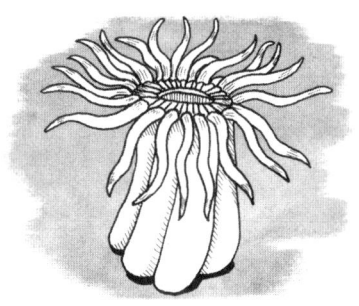

46

FALLE

Wir gingen den Strand entlang bis zu dem großen vulkanischen Felsen, der ein paar hundert Yards westlich vom Haus meines Vaters liegt. Der Red Rock liegt östlich davon.

Dort oben auf dem vulkanischen Felsen stöberten wir herum, wie wir es immer tun, schauten in die Felstümpel, die wie kleine Becken sind, beobachteten die Fische in den Tümpeln, die kleinen, wuseligen Krabben und die Wasserblumen, die Anemonen heißen. Ich löste eine kleine Muschel vom Felsen und hielt sie über die Mitte einer großen gelbblauen Anemone. Ich ließ die Muschel fallen und sah, wie sich die große Blume rasch um die Muschel schloss, so wie die Blütenblätter einer Blume sich bei Sonnenuntergang schließen, nur viel schneller und mit Absicht: etwas, was so schön ist und wie eine schreckliche Falle funktioniert. Und dann versuchte ich zu verstehen, dass das kleine Leben in der kleinen schwarzen Schale bald gefressen werden würde von dieser Blume, die gar keine Blume ist, sondern so etwas wie Pflanze und Tier zugleich. Die Muschel tat mir leid, obwohl ich sie selbst in die Blume hatte fallen lassen.

Es ist seltsam zu wissen, dass es solche Dinge gibt, die sich auf diese Weise am Leben erhalten, die Anemone, die seitlich an dem kleinen Felstümpel festsitzt, ganz offen und schön, sodass sie alles, was zufällig vorbeikommt, fangen und fressen kann, auf eine ganz andere Art fressen, als jedes andere Tier frisst: nicht an einem Tisch und auch nicht so, wie ein Tiger vielleicht ein Reh frisst oder ein Vogel einen Wurm oder ein Erdhörnchen frische Grashalme.

Aber die Anemone *frisst*. Und die Muschel, die von der Anemone gefressen wird, die Muschel frisst auch. Ich habe einen Fuß lange und einen halben Fuß dicke Muscheln gesehen, die immer noch an einem Felsen sitzen, seit zehn Jahren oder noch länger da sitzen. Das wäre, wie wenn sich ein Mensch hundert Jahre lang irgendwo festhalten würde.

Aber woran hält sich ein Mensch fest? Hält er sich auch an irgendeinem Felsen fest, wie es in dem Lied in der Sonntagsschule heißt? *Fels des Heils?*

Zur gleichen Zeit wie der Tiger, der Vogel, der Wurm, die Anemone und die Muschel zu leben – große Sorgen und einsame Erinnerungen zu haben, die Art von Tier zu sein, zu der Gott uns zufällig gemacht hat – was für ein Spaß für jeden Menschen, der zu sein, der er ist.

»*Eigentlich* schreibst du gar kein Kochbuch, oder, Papa?«

Ich musste die Frage noch einmal stellen, weil ich daran dachte, wie die Anemone die Muschel fraß und wie alles, was sonst noch lebte, irgendetwas anderes fraß.

»Natürlich schreibe ich eins.«

»Darüber, wie man Haschee macht?«

»Nicht ausschließlich, aber *auch* darüber.«

»Worüber sonst?«

»Na ja, wie man die Seele macht, zum Beispiel.«

»Du meinst wohl Suppe, oder? Ha, ha, ha.«

»Das ist vielleicht überhaupt kein Scherz. Es ist vielleicht näher an der Wahrheit, als du denkst. Es braucht Jahrhunderte, bis ein Volk eine großartige Suppe entwickelt, so wie es die Chinesen getan haben.«

»Was ist mit den Amerikanern?«

»Sie arbeiten daran. Und ich arbeite *mit* ihnen daran, genau wie du.«

»Haben denn die Amerikaner im Augenblick keine großartige Suppe?«

»*Seele,* nicht Suppe, und nein, sie haben keine.«

»Ich hoffe, du schreibst ein großartiges Kochbuch.«

»Danke. Wie sieht's mit deinem Roman aus?«

»Der wird nicht großartig, Papa.«

»Wieso nicht?«

»Na ja, ich erinnere mich so lange an alles, bis es Zeit ist, es hinzuschreiben, und dann habe ich es *vergessen.*«

»Sehr gut«, sagte mein Vater.

Er rannte seitlich am Felsen hinunter, und ich rannte ihm nach.

47

EIS

Anstatt aber nach Osten und zurück zu unserem Haus zu rennen, rannte er nach Westen. Ich rechnete damit, dass er gleich stehen bleiben würde, weil er immer sagt, dass er nicht mehr so rennen kann wie früher, aber er wurde nur ein bisschen langsamer. Wir trabten dahin, bis ich eigentlich stehen bleiben wollte, aber ich tat es nicht, weil er behauptet, dass ich *nie* müde werde. Er trabte einfach weiter, und ich versuchte, Schritt zu halten. Plötzlich wurde ich so müde, dass ich am liebsten gesagt hätte: »Es reicht, Papa. Ich bin geschafft.« Aber ich brachte es einfach nicht fertig, das zu sagen. Ich trabte weiter, und das war auch gut so, denn ziemlich bald fühlte ich mich wieder stark, und wir rannten, bis wir zu der Stelle kamen, wo die Malibu Road endet, und dort endlich sagte mein Vater: »Weißt du, Pete, du bist ein zäher Brocken. Ich bin müde. Ich muss jetzt aufhören und einfach nur trödeln und mich umsehen.«

»Willst du was wissen, Papa?«

»Ja?«

»Da hinten bin ich richtig müde geworden, aber ich habe mich geschämt, es zu sagen.«

»Sehr gut. Es ist gut, herauszufinden, dass man sehr viel mehr erreichen kann, als man denkt.«

Er ging jetzt langsam und locker, trat gegen Steine am Strand, hob ab und zu einen auf und steckte ihn in die Tasche, und er sagte: »Wir können jederzeit weiter kommen, als wir denken. Und wir kommen auch mit sehr viel weniger aus, als wir denken. Und ab und zu müssen wir an diese Dinge erinnert werden. Ich bin losgerannt, weil ich mich gut fühlte, aber ich habe damit gerechnet, dass ich im Nullkommanichts stehen bleiben muss, und dann habe ich beschlossen, herauszufinden, wie weit ich tatsächlich rennen konnte. Das war eine viertel Meile, oder?«

»Kam mir eher wie zehn Meilen vor.«

»Höchstwahrscheinlich, aber vermutlich war es nicht einmal eine viertel Meile. Allerdings sind wir sie gerannt, wir haben ein Tempo gehalten, und ich wollte hundert Mal stehen bleiben und dachte, ich *müsste* stehen bleiben.«

»Ich auch.«

»In Wirklichkeit hättest du das Recht gehabt, stehen zu bleiben. Als Rennstrecke ist eine viertel Meile für einen Zehnjährigen zu weit.«

»Indianerjungen rennen manchmal zehn Meilen.«

»Ja, schon. Das hängt höchstwahrscheinlich vom Training ab, und es hängt davon ab, was ihre Väter tun – und die rennen vermutlich. Und ich *schreibe* hauptsächlich.«

»Kochbücher.«

»Und Gedichte. Ich schreibe seit Jahren Gedichte, aber bis jetzt habe ich nur drei oder vier veröffentlicht.«

»Wieso?«

»Ich habe sie keinem Verlag angeboten. Das ist wohl der Hauptgrund, aber es liegt auch daran, dass ein Schriftsteller manches, was er schreibt, selbst behalten will. Ich kannte in San Francisco mal einen Maler namens Matthew Barnes, der mit Unterbrechungen ein ganzes Jahr lang an einem Bild arbeitete, und dann sah es jemand und wollte es kaufen, und Matt hätte das Geld gut gebrauchen können, aber er wollte es nicht verkaufen. Er war einfach nicht imstande, das Bild wegzugeben. Er wollte es selbst behalten. Er *musste*.«

»War es denn ein gutes Bild?«

»Ein sehr gutes sogar. Das Ende der Welt – in Eis. So ist es wohl auch mit den Gedichten, die ich schreibe. Und gleichzeitig bin ich nicht mit ihnen zufrieden.«

»Wieso?«

»Sie müssten besser sein. Sie sind in Ordnung, aber sie müssten großartig sein.«

»Aber manche sind doch großartig, oder?«

»Teilweise ja, aber kein einziges ist ganz und gar großartig, und genau so ein Gedicht will ich schreiben.«

»Ich kann dir sagen, wie, Papa. Ganz ehrlich.«

»Wie denn?«

»Schreib ein kurzes Gedicht. Ein ganz kurzes.«

»Sehr gut«, sagte mein Vater, und wir kehrten um und trabten nach Hause.

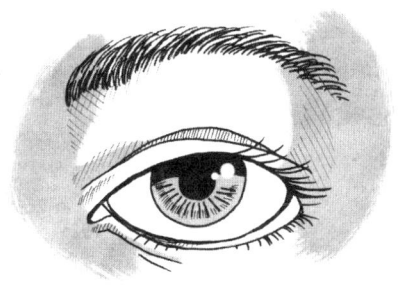

48

AUGE

Jeder hat seine eigene Vorstellung von Zuhause.

Welche mein Vater hat, weiß ich, weil ich darin wohne, es sehe, rieche, über den Fußboden und die Treppen hinauf- und hinuntergehe, darin esse, schlafe, rede, lerne und denke. Es ist eine der besten Vorstellungen von Zuhause, die jemals irgendwer hatte, und ich bin froh, dass mein Vater sie hat, aber ich habe auch meine eigene.

Meine Vorstellung von Zuhause ist eine Bude auf einem Berggipfel, auf den ich mit dem Hubschrauber komme. Sie besteht nur aus einem Zimmer und ist geformt wie ein der Länge nach halbiertes Ei, mit Glaswänden. Das ganze Haus ist ein Auge. Ich gehe dorthin und behalte alles im Auge. Wenn ich mit Menschen zusammen sein will, steige ich in den Hubschrauber und fliege zu ihnen hinunter. Ich verbringe ein bisschen Zeit mit ihnen, dann fliege ich zurück. Innerhalb meiner Vorstellung habe ich alles, was ein Mensch braucht, um seine Arbeit zu tun: Tisch, Schreibmaschine, Papier, Bücher, Kameras, Füller, Bleistifte, Farbe, Pinsel, Klavier, Plattenspieler, Radio und Fernseher, den ich einschalten kann, wenn ich Lust habe, ihnen zuzusehen und zuzuhören, wie sie einander anbrüllen, anständig zu sein und sich gegenseitig zu lieben, Rasierklingen, Bier, Zigaretten, Autos oder sonst etwas zu kaufen, wovon sie gerade begeistert sind: ihnen zuzusehen und zuzuhören und froh zu sein, dass ich nicht dort unten bei ihnen bin und selbst wegen irgendetwas herumbrülle, wie zum Beispiel, dass jeder Mensch, der auf die Welt kommt, ein Stück Land und einen Batzen Geld bekommen sollte.

Jeder Mensch, der auf die Welt kommt, sollte unbedingt sein eigenes Stück Land und seinen eigenen Batzen Geld bekommen, aber ich werde nicht derjenige sein, der deswegen herumbrüllt. Das mit dem Land und dem Geld klappt sowieso nicht, also was soll's.

In meinem Zuhause würde ich mich an die Arbeit machen und meine Arbeit erledigen, und dann würde ich neue Arten von Arbeit erfinden. Vielleicht würde ich sogar eine ganz neue Sprache erfinden, eine Sprache, in der kein Mensch lügen könnte, zum Beispiel. Vielleicht würde ich so was ja fertigbringen, und dann wüssten doch alle, wer das war?

»Weißt du, Papa, irgendwas mache ich mal.«

»Das glaube ich dir gern.«

»Nein, ich meine es ernst.«

»Was denn?«

»Du kennst doch die Menschen, Papa, oder?«

»Ein bisschen.«

»Ich werde etwas tun, was die Menschen anders macht.«

»Ach ja?«

»Ja, Papa. Ich werde etwas tun, was die Leute vom Lügen abhält.«

»Alle Achtung!«

»Das schaffe ich nicht, oder, Papa?«

»Bis jetzt hat das noch keiner geschafft, aber wer weiß? Vielleicht schaffst *du* es ja.«

»Haben schon viele andere Menschen diese Idee gehabt?«

»Jeder Mensch, der irgendwann einmal irgendeine Idee zu irgendetwas hatte, hat diese Idee gehabt.«

»Ich dachte, sie wäre brandneu. Ich dachte, sie wäre mir gerade eingefallen.«

»Das haben die anderen auch gedacht.«

»Also klappt es nicht, oder?«

»Wer weiß? Es hat bis jetzt nicht geklappt, das ist alles.«

»Warum sind die Menschen so, wie sie sind?«

»Ich weiß nicht, aber so schlimm sind sie gar nicht.«

»Magst du die Menschen?«

»Ob ich sie *mag*? Mein Junge, ich *bin* ein Mensch. Wenn ich sie nicht mögen würde, würde ich nicht leben wollen.«

»Oh.«

»Oh ist rund«, sagte mein Vater.

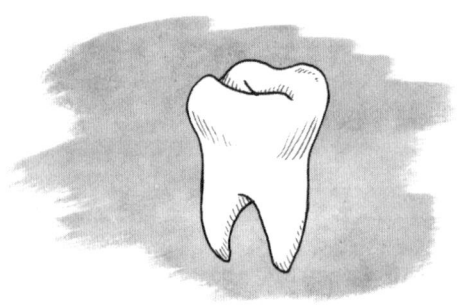

49

ZAHN

Als wir nach Hause kamen, machte sich mein Vater daran, das Abendessen zu kochen, und ich machte mich an seinem Schreibtisch daran, Wörter und Namen zu erfinden. Ich setzte mich hin und nahm das erste Wort, das mir einfiel, um festzustellen, was ich damit machen konnte, das Wort *Palme,* aber der einzige Name, den ich daraus machen konnte, war Emalp, dann das Wort Lampe, dann den Namen Malpe und dann Pemal. Aber ich konnte kein Wort und keinen Namen daraus machen, der mir besonders gefiel, also versuchte ich, während mein Vater in der Küche – direkt hinter dem Tresen zwischen Küche und Wohnzimmer – redete und sang, einen richtig guten Namen zu erfinden.

Ich hatte einmal gehört, wie mein Vater zu jemandem sagte, der beste Erfinder von Namen sei Charles Dickens, also versuchte ich, auf einige Namen zu kommen, die Charles Dickens erfunden hatte, aber alles, was mir einfiel, war Scrooge.

Ich schrieb Scrooge auf ein Stück Papier, um zu sehen, ob ich mit den Buchstaben dieses Namens einen guten Namen erfinden könnte. Gorosec, Rosogec und Secogor, aber nichts, was ich wollte, also fing ich noch einmal von vorne an.

Ich hatte meinen Vater auch einmal sagen hören, dass man, wenn man einen guten Namen für jemanden in einer Geschichte hat, auch eine gute Geschichte bekommt, also wollte ich einen guten Namen für jemanden in meiner Geschichte finden.

»Ich habe gerade einen guten Namen für einen Mann in einer Geschichte erfunden.«

»Nämlich?«

»Nirgendwo.«

»Nicht schlecht.«

Ich stand auf und ging in die Küche, um nachzusehen, was mein Vater da kochte.

»Wie heißt er mit Vornamen?«

»Hungrig.«

»Perfekt«, sagte mein Vater. »Hungrig Nirgendwo wird eine sehr wichtige Gestalt in deinem Roman sein.«

»Was ist in dem Topf?«

»Ich habe noch keinen Namen dafür, aber ich habe so eine Ahnung, dass wir es essen und dass es uns schmeckt.«

Wir aßen es, und es schmeckte uns.

Es waren Spaghetti, aber eine neue Art von Spaghetti. Zuerst, sagte mein Vater, habe er die Spaghetti gekocht, dann das Wasser abgegossen. Dann eine Tasse Olivenöl über die halb gekochten Spaghetti gegossen, dann eine Dose Tomaten, dann etwas Oregano darüber zerzupft, dann etwas weißen Käse dazugegeben. Dann hatte er eine jener flachen, ovalen Dosen

Monterey-Sardinen geöffnet, drei von den sechs Fischen aus der Dose genommen, sie zerdrückt und zu allem anderen in den Topf gegeben, und dann sagte ich: »Wie heißt es?«

»Sag *du*.«

»Verrückte Spaghetti?«

»Versuch's noch mal.«

»Spaghetti Abfall?«

»Noch mal.«

»Wie wär's, wenn wir die beiden Wörter zu einem Wort verbinden, zum Beispiel Spabfall?«

»Sehr gut.«

»Wenn du darauf ein Patent hättest, Papa, könntest du vielleicht eine Million Dollar verdienen.«

»Darauf kann man aber kein Patent bekommen.«

»Wie kann man dann eine Million Dollar verdienen?«

»Gar nicht. Man muss lernen, ohne eine Million Dollar auszukommen.«

»Mit wie vielen Dollars muss man denn lernen auszukommen, anstatt ohne?«

»Drei.«

»Drei*hundert*?«

»Drei, Punkt.«

Er tat wieder Spabfall auf unsere Teller, und wir aßen die zweite Portion.

50

KRONE

Nach dem Essen holte mein Vater ein Spiel Karten hervor, die vom Gebrauch ganz abgegriffen, leicht aufgequollen und klebrig waren. Er mischte sie, ich hob ab und teilte aus. Wir ordneten die Karten, sieben auf einer Hand, zogen eine und legten eine ab, zogen noch eine, verbesserten unser Blatt, erkannten, dass eine bestimmte Kombination nicht zu gebrauchen war, fingen eine neue an, zogen und legten ab, warteten und hofften, und nach und nach kam ich so weit, dass mir nur noch eine Karte fehlte, um das Spiel zu gewinnen.

Allerdings hatte ich Angst, dass mein Vater mir zuvorkommen würde, doch genau in diesem Moment zog ich eine Neun, womit ich drei davon hatte, die mich mit vier Königen zum Gewinner machten. Die nächste Karte auf dem Stapel hätte meinen Vater zum Gewinner gemacht, und ich sprang auf und lachte, und mein Vater sagte: »Eins zu null für dich.«

Ich sammelte die Karten ein, mischte und begann auszuteilen.

Als jeder von uns sieben Karten hatte und mein Vater gleich eine passende bekam, sah ich mir meine genauer an. Sie waren schlecht, und ich war mir sicher, dass ich nicht gewinnen würde, aber mein Blatt verbesserte sich Karte für Karte, und schon nach kurzer Zeit hatte ich wieder abgelegt, und mein Vater sagte: »Zwei zu null für dich.«

Wieder sprang ich auf und lachte, weil es guttut zu gewinnen, es ist das Tollste im Leben, zu gewinnen, und wenn es nur eine Partie Rommé mit dem eigenen Vater ist, gewinnen ist toll, es gehört zu den tollen Sachen. Ich spiele furchtbar gern, aber am schönsten finde ich, zu *hoffen,* dass ich gewinne, und dann zu gewinnen.

Mein Vater nahm die Karten, mischte, teilte aus, und ich sagte: »Ärgerst du dich, wenn du verlierst, Papa?«

»Natürlich nicht. Zu verlieren ist das Einzige, was ein Mensch möglichst rasch lernen muss. Mit *Anstand* zu verlieren, meine ich, und zwar nicht beim Kartenspiel. Du hast jetzt zwei Spiele gewonnen, und es geht dir zu Recht gut, aber du musst wissen, dass du ebenso leicht, wie du zwei Spiele gewonnen hast, auch zwei verlieren kannst, und noch zwei, und noch zwei, und noch zwei, und den ganzen Abend kein Spiel mehr gewinnst. Wenn *das* passiert, musst du wissen, dass es ganz normal ist, dass das passiert, und du musst darauf vorbereitet sein. Wenn du gewillt bist zu spielen, musst du darauf gefasst sein zu verlieren, denn der Mensch oder die Sache, gegen die du spielst, hat immer eine ebenso gute Gewinnchance wie du, ganz gleich, was für ein Spiel es ist oder wie hoch der Einsatz ist.«

»Trotzdem hasse ich es zu verlieren, Papa. Egal in welchem Spiel, ich hasse es zu verlieren. Ich fühle mich betrogen, wenn ich verliere, und ich fühle mich toll, wenn ich gewinne.«

»Na sicher.«

Eben da gewann mein Vater das Spiel und auch das nächste und das nächste, und ich machte mir allmählich Sorgen. Ich beschloss, kein Spiel mehr zu verlieren, aber ich verlor auch das vierte Spiel und dann das fünfte und das sechste, und mein Vater sagte: »Gewöhnst du dich schon ans Verlieren?«

»Nein, Sir. Ich *hasse* es.«

»Versuche dich daran zu gewöhnen.«

»Ich werde mich *nie* daran gewöhnen. Ich will nicht verlieren, und ich werde auch nicht verlieren.«

Aber ich verlor auch das nächste Spiel, stand auf und sagte: »Hör auf damit, Papa, oder ich haue dich!«

Er wusste, dass ich mich richtig ärgerte, aber er brach in Lachen aus, und wir begannen zu boxen und dann zu ringen, und plötzlich hatte ich ihn mit dem Rücken auf dem Boden festgenagelt, und er lachte, und ich ärgerte mich so, dass ich fast weinte, und dann weinte ich mit einem Mal tatsächlich, weil ich es hasse zu verlieren, auch gegen meinen eigenen Vater.

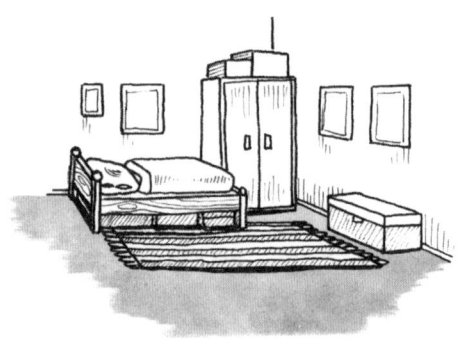

51

ZIMMER

Die Tage im Haus meines Vaters gingen einer nach dem anderen vorbei, und dann kam eines Tages im Dezember meine Mutter zu Besuch und brachte meine Schwester mit.

Wir vier sahen einander an, hörten einander zu, spielten Spiele, und mein Vater und meine Mutter stritten.

Sie streiten jedes Mal, wenn sie einander sehen, manchmal höflich und leise, manchmal auch laut und wütend, aber ziemlich bald reden sie dann wieder höflich miteinander.

An Heiligabend fuhren wir zum Haus meiner Mutter.

Ich sah mir mein altes Zimmer und mein altes Bett an, und meine Mutter kam und sagte: »Wenn du wieder in deinem alten Bett schlafen willst, in deinem alten Zimmer und deinem alten Zuhause, dann bist du willkommen, weißt du – und zwar jederzeit. Es liegt ganz bei dir, und du darfst nicht das Gefühl haben, du kannst nicht zurückkommen oder du *musst* bei deinem Vater bleiben. Möchtest du heute Nacht in deinem alten Bett schlafen?«

Ich weiß nicht, woher sie wusste, dass ich das wollte, aber ich wollte es, ich wollte es unbedingt, ich weiß auch nicht, warum, aber ich sagte: »O nein, Mama, ich möchte in meinem Bett in Papas Haus schlafen.«

»Na schön, nur wäre es albern, wenn du dich schämen würdest zu sagen, dass du in deinem alten Bett schlafen willst – falls du wolltest, meine ich.«

»Was ist mit Papa?«

»Na ja, ich kann ihm hier in deinem Zimmer auf der Couch ein Bett machen. Wir bleiben sowieso bis Mitternacht auf, und morgen werden wir früh aufstehen, um unsere Geschenke auszupacken, wenn ihr beide also in deinem alten Zimmer schlafen wollt, dürft ihr das von mir aus gerne, und ich weiß, dass deine Schwester auch nichts dagegen hat. Möchtest du das?«

»Klar«, sagte ich, »wenn mein Vater es auch möchte.«

Meine Mutter sprach mit meinem Vater darüber, meine Schwester hörte zu, sagte: »Au ja, Papa«, und mein Vater sagte: »Klar, wenn es nicht zu viele Umstände macht.«

»Es ist ja nicht sehr sinnvoll«, sagte meine Mutter, »den ganzen Weg zurück- und morgen früh wieder hierherzufahren. Wir feiern Heiligabend, stehen früh auf, packen unsere Geschenke aus, schieben den Truthahn in den Ofen, und morgen Abend um sechs gibt es unser Weihnachtsessen. Später, nach dem Essen, könnt ihr zurückfahren. In Ordnung?«

»Prima«, sagte mein Vater.

Da wusste ich, ich würde wieder in meinem alten Bett schlafen, und ich freute mich, denn, ich weiß auch nicht, wenn man sein Bett und sein Zimmer lange Zeit gehabt hat, dann erinnert man sich an das Bett und an das Zimmer, und man möchte sie wiederhaben, wenn auch nicht für sehr lange.

52

BAUM

Meine Mutter hatte Eggnog mit Brandy für meinen Vater und sich selbst und einfachen Eggnog für meine Schwester und mich, und hinterher gab es ein spätes Abendessen mit kaltem Huhn, kaltem Weißwein, kräftigem Roggenbrot mit Körnern, Butter, Senf, Essiggurken, Schinken, kleinen Fischen in Dosen, Pasteten und Mayonnaise. Es war ein wirklich schönes Heiligabend-Festessen. Mein Vater aß, trank, redete und sang. Das Pianola spielte ein ganzes Sortiment von Weihnachtsliedern unter dem Namen *Toyland,* und meine Schwester stellte mir unentwegt alle möglichen Fragen über mein Leben bei meinem Vater und in der Schule in Malibu und über dies, das und jenes.

Es war ein toller Abend, eine schöne Sache nach der anderen, niemand war auf irgendwen wütend, alle hatten Hunger und freuten sich, dass es so viele gute Sachen zu essen gab. Und nach Mitternacht sagten wir alle Gute Nacht, mein

Vater und ich gingen in mein altes Zimmer, mein Vater setzte sich auf die Couch, auf der er schlafen würde, ich setzte mich auf mein altes Bett, und mein Vater sagte: »Es ist wirklich schön, hier zu sein«, und ich sagte: »Ja, das ist es.«

Ich zog mich aus und legte mich in mein altes Bett, es fühlte sich wahnsinnig gut an, und ich freute mich riesig, dass ich wieder darin lag. Mein Vater legte sich ebenfalls hin, wir unterhielten uns noch ein Weilchen, und dann schlief ich mit einem Mal tief und fest und war am Morgen hellwach.

Mein Vater war schon auf und angezogen. Meine Mutter war auch schon aufgestanden und trug einen Bademantel. Meine Schwester kam im Bademantel aus ihrem Zimmer gerannt, und sie und ich packten unsere Geschenke aus, eines nach dem anderen.

Von meiner Mutter bekam ich ein Mikroskop mit viel Zeug in Gläsern zum Anschauen, von meinem Vater einen Football-Helm und einen Football und von meiner Mutter ein Schweizer Taschenmesser mit elf Klingen, und meine Schwester schenkte mir ein rot-weiß gestreiftes Trikot – sie kosten einen Dollar, und sie hatte dafür gespart. Außerdem bekam ich ein Paar neue Schuhe und alle möglichen anderen Sachen, alles von meinem Vater und meiner Mutter. Sie schenkten sich auch gegenseitig etwas und bekamen Geschenke von mir und meiner Schwester. Von mir bekam meine Schwester eine Puppe, die fast einen Dollar gekostet hatte. Sie sagte, sie gefalle ihr sehr, kam zu mir gerannt und umarmte mich.

Den ganzen Tag kamen Leute ins Haus, tranken Eggnog und gingen wieder. Mein Vater und ich warfen uns mit dem neuen Football Pässe zu, und gegen sechs Uhr abends war endlich der Truthahn fertig. Mein Vater zerlegte ihn, und wir setzten uns hin und stopften uns voll, weil man das an Weihnachten darf.

Nach dem Essen sangen wir vier und unterhielten uns, und dann sagte mein Vater zu meiner Mutter: »So wie du das gemacht hast, hätte Weihnachten nicht schöner sein können. Vielen Dank.«

Dann verabschiedeten er und ich uns von meiner Mutter und meiner Schwester, stiegen in den alten roten Ford, fuhren zu dem Haus am Meer und gingen gleich ins Bett.

Und das war Weihnachten, und ich werde es niemals vergessen, solange ich lebe.

53

BECHER

Der Tag nach Weihnachten war anders, eben weil es der Tag nach Weihnachten war. Man erwartet so viel von Weihnachten, dass man sich, wenn es vorbei ist, erst mal so seine Gedanken macht. Was hat man eigentlich erwartet? Und was hat man bekommen? Na ja, irgendetwas erwartet habe ich wohl schon, so wie jedes Jahr, aber was, weiß ich nicht – einfach *irgendwas*, das ist alles. Ein Geschenk? Ein paar Geschenke? Zehn oder elf Geschenke? Tausend Geschenke? Eine Million? Genau weiß ich es nicht, aber ich glaube nicht, dass ich überhaupt Geschenke wollte. Eigentlich wollte ich etwas anderes. Aber was habe ich bekommen? Geschenke. Und die Geschenke, die ich bekommen habe, haben mir gefallen. Es waren schöne Geschenke. Was ich wohl eigentlich wollte, war, erwachsen und selbstständig zu sein, aber was soll's, das dauert *Jahre*. Es geht einfach nicht so schnell, das ist alles, und wahrscheinlich ist das der Grund, warum der Tag nach Weihnachten anders war.

Den ganzen Tag kamen Freunde meines Vaters in sein Haus und tranken etwas mit ihm. Er hatte zwei Flaschen, massenhaft Gläser aller Art und Eis auf den Küchentresen gestellt, und es müssen drei Dutzend Leute, Männer, Frauen und Kinder, gewesen sein, die im Haus aus- und eingingen. Offenbar war allen so zumute wie mir, weil es nun mal der Tag nach Weihnachten war. Alle lachten über sich selbst, machten sich über ihre Probleme lustig, Ehemänner und ihre Frauen zogen einander auf, ihre Söhne und Töchter lachten über die Geschenke, die sie bekommen hatten und die größtenteils schon kaputt waren, und alle strengten sich an, Weihnachten so schnell wie möglich hinter sich zu lassen, als wäre die ganze Sache so etwas wie ein notwendiges Ärgernis oder ein Versehen.

Bei Sonnenuntergang waren endlich keine Besucher mehr im Haus, und ich sagte: »Papa, bist du froh, dass Weihnachten vorbei ist?«

»Ja, das bin ich.«

»Was ist los mit Weihnachten?«

»Nichts. Weihnachten ist schön. Von allen jämmerlichen und albernen Dingen ist es wahrscheinlich das schönste, aber es ist nun mal jämmerlich und albern. Ein Großteil der Menschheit wird lange brauchen, um sich Weihnachten vom Hals zu schaffen.«

»Warum sagst du dann, dass es schön ist?«

»Das sagt man eben so. Es ist eindeutig das unsinnigste Fest, das es gibt.«

»Der Geburtstag von Christus.«

»Ja, wer zum Teufel auch immer das war, um mal die Wahrheit zu sagen, wozu ich aber überhaupt keine Lust habe.«

»Warum nicht?«

»Weil ich den ganzen Tag getrunken habe und es sowieso keinen Unterschied machen würde.«

»Was ist denn die Wahrheit?«

»Na ja, wer auch immer er war, er wurde nicht geboren, als er geboren wurde, wenn du mir folgen kannst. Er wurde danach geboren, und seine zweite Geburt findet jedes Jahr statt, und mittlerweile langweilt mich die ganze Geschichte ein bisschen.«

»Bis du etwa *betrunken*?«

»Ja, aber nicht so, wie man Betrunkene im Kino sieht oder irgend so was. Ich *musste* ein paar trinken, weil es nun mal der Tag nach Weihnachten ist und dauernd Leute hereingeschneit sind. Du hast sie ja gesehen. Schon von ihrem Anblick habe ich Lust gekriegt zu trinken. Sie sind verloren, das ist alles, aber das bin ich auch, und wenn *du* es nicht bist und ihre Kinder es auch nicht sind, wirst du es auf jeden Fall ziemlich bald sein, und ihre Kinder auch.«

»Ist doch egal, Papa.«

Mein Vater goss sich noch einen Whiskey ein, hob das kleine Glas, trank es aus und sagte: »Jetzt ist Schluss mit Weihnachten. Schluss damit, dass ich über die Leute, die ich kenne, und über mich, dich, deine Mutter und deine Schwester wütend bin und mich wundere. Genug ist genug. Weihnachten ist gekommen, Weihnachten ist gegangen. Ein Glück! Der Becher der Freundlichkeit kommt zurück ins Regal, und ich beschäftige mich wieder damit, zu beschäftigt zu sein, um mir Gedanken darüber zu machen, wie schrecklich ich versagt habe.«

Er stellte die Flaschen ins Regal zurück, dann sagte er: »Okay, Junge, mit dem Football runter an den Strand.«

Ich holte den Football, wir liefen die Treppe zum Strand hinunter, und dort rannten wir los und warfen uns gegenseitig Pässe zu.

54

SCHNEE

Während wir rannten und Pässe warfen, sausten zwei Düsenjäger mit sechs- oder siebenhundert Meilen pro Stunde übers
Wasser, und gleich darauf kamen zwei Hubschrauber angeflogen, in langsamem Tempo, tief überm Wasser und nicht
weit draußen, sodass ich die Männer darin sehen konnte. Ich
winkte, und einer beugte sich aus dem Hubschrauber und
streckte die Arme aus, als wollte er einen Pass fangen.

Die Hubschrauber sind von der Küstenwache. Sie machen Patrouillenflüge am Strand, aber die Düsenjäger sind
vom Navy-Stützpunkt in Point Mugu.

Und dann kam in großen Kreisen ein ganzer Möwen-
schwarm angeflogen, immer herum und herum.

»Was wollen sie?«, sagte ich.

»Den Football«, sagte mein Vater. »Sie glauben, es ist etwas zu fressen.«

Einige von den Möwen kamen ziemlich dicht heran, und

dann landeten welche, standen da und sahen uns zu, als würden wir den Football gleich in kleine Stücke brechen und sie ihnen zuwerfen, wie man es mit einem Laib altbackenem Brot macht.

»Essen, essen, essen«, sagte ich. »Es sieht so aus, als ob das Leben nur daraus besteht.«

»Ich habe noch keine Lust auf Abendessen«, sagte mein Vater. »Was hältst du davon, wenn wir ins Kino gehen? Nach dem Kino bekommst du einen Hamburger. Dann fahren wir nach Hause und gehen schlafen, und dann reicht es auch mit Weihnachten und der Weihnachtsstimmung.«

»In welchen Film gehen wir denn?«

»Was gerade läuft. Komm.«

Wir rannten die Hintertreppe hinauf ins Haus und schnappten uns unsere Jacken.

Im Kino in Santa Monica gab es keine große Auswahl, und nachdem wir über die verschiedenen Filme geredet hatten, sahen wir uns einen an, der *Annapurna* hieß. Er handelt von der Besteigung eines hohen Berges in Asien, nördlich von Indien, in einem Land namens Nepal. Es war einer der höchsten Gipfel im Himalaja – eine wirkliche Geschichte anstelle einer erfundenen, obwohl die erfundenen schon auch wirklich sind.

Mein Vater sagte, er habe eine Besprechung des Films in der *New York Times* gelesen, die er mit der Post bekommt, und der Kritiker habe gesagt, der Film sei okay, aber als der Mann in dem Film über die Einwohner von Nepal, die Sherpas heißen, redete, als wären sie minderwertig, wurde mein Vater wütend und sagte: »Da haben wir's wieder.«

Die Sherpas waren dunkelhäutige Männer. Sie wurden

angeheuert, um für die französische Bergsteiger-Expedition Sachen die Berge hinaufzutragen. Es waren keine großen Männer, und sie gingen barfuß. Sie trugen schwere Lasten auf dem Rücken, mit einem Riemen um die Stirn, der einen Teil der Last hielt. Die Sherpas retteten den französischen Bergsteigern das Leben, denn sie brachten sie von dem hohen Berg nach unten, als die Bergsteiger krank geworden und ihnen die Finger und die Zehen erfroren waren, sodass ein Arzt einige davon hatte abschneiden müssen.

Fünf Wochen lang, sagte der Mann, glaube ich, trugen die kleinen, dunkelhäutigen, barfuß gehenden Menschen von Asien die kranken Franzosen vom Berg herunter, Stück für Stück, über Eis und Stein, durch Schnee und Wind, über reißende Flüsse. Es war eine wunderbare Geschichte, wegen der Sherpas. Am allerbesten war das kleine Dorf hoch in den Bergen, wo die Menschen in Häusern wohnen, die aussehen wie in die Berghänge gebaute Mietshäuser. Ich fragte mich, wie es wäre, wenn ich bei ihnen in diesem Dorf wohnen würde, und ich dachte, es wäre toll, denn es wäre weit weg und hoch oben und sehr still und schön, aber ziemlich bald fühlte ich mich dort oben einsam und war froh, dass ich in einem Kino in Santa Monica saß, nur fünfzehn Meilen vom Haus meines Vaters am Strand von Malibu entfernt.

55

WURZEL

Nach dem Kino gingen wir in einen Drugstore, setzten uns an den Tresen, ich aß einen Hamburger und trank ein Chocolate Soda, mein Vater trank zwei Tassen schwarzen Kaffee, und dann machten wir uns auf den Weg nach Hause.

»Tja, das war Weihnachten«, sagte mein Vater.

»Ja, das war's wohl, Papa. Und jetzt?«

»Neujahr.«

»Und dann?«

»Ein Tag nach dem anderen.«

»Sehr gut«, sagte ich. »Ha, ha, ha.«

Das neue Jahr – wie es wohl wird? Na ja, es wird das Jahr sein, in dem ich elf werde, aber wie viel ist elf? Sehr wenig. Wenn ich für jedes Jahr, das ich schon auf der Welt bin, einen Dollar bekäme, hätte ich zehn Dollar und nächstes Jahr elf, aber was bekommt man heutzutage schon für elf Dollar? Aber wenn ich für jeden *Tag,* den ich schon auf der

Welt bin, einen Dollar bekäme, dann hätte ich richtig viel, denn das Jahr hat dreihundertfünfundsechzig Tage, und das mal zehn macht –

»Wie viel ist zehn mal dreihundertfünfundsechzig, Papa?«

»Dreitausendsechshundertfünfzig.«

»Mannomann!«

»Wieso?«

»Ich habe gerade gedacht, wenn ich für jeden Tag, den ich schon auf der Welt bin, einen Dollar bekäme, dann hätte ich dreitausendsechshundertfünfzig Dollar, und die könnte ich gut gebrauchen.«

»Das ist wirklich eine Menge Geld.«

»Weißt du, Papa, ich finde, jeder Junge, der auf die Welt kommt, sollte für jeden Tag, den er am Leben bleibt, einen Dollar bekommen, bis er einundzwanzig wird.«

»Und danach?«

»Sollte er *zehn* Dollar für jeden Tag bekommen.«

»Das ist ja vielleicht eine schöne ökonomische Philosophie, aber wer soll ihn bezahlen?«

»Sein Vater.«

»Aber der Vater seines Vaters hat seinen Vater nicht bezahlt, und sein Vater verdient nicht mal zehn Dollar am Tag für sich selbst.«

»Und wer soll ihn dann bezahlen?«

»Niemand.«

»Woher soll er dann das Geld bekommen? Woher soll ich es bekommen?«

»Das ist dein Problem. Ich muss darüber nachdenken, wie ich an *mein* Geld komme, und das wären bei zehn Dollar pro Tag seit meinem einundzwanzigsten Geburtstag vor ungefähr fünfundzwanzig Jahren – mal sehen – ungefähr neunzigtausend Dollar.«

»Mein lieber Mann! Kannst du das wirklich kriegen?«

»Nächstes Jahr.«

»Wie denn?«

»Indem ich schreibe.«

»Das Kochbuch?«

»Und alles, was ich sonst noch so schreibe.«

»Zum Beispiel?«

»Na ja, vielleicht ein paar Kurzgeschichten, vielleicht eine lange Kurzgeschichte, vielleicht einen kurzen Roman, vielleicht einen langen Roman, ein kurzes Stück, ein langes Stück. Wer weiß? Ich kann jederzeit alles Mögliche schreiben.«

»Neunzigtausend Dollar, Papa. Wir werden reich sein.«

»Jedenfalls muss ich mir mein Geld verdienen, und du musst dir dein Geld verdienen, weil mein Vater mir nicht bis zu meinem einundzwanzigsten Geburtstag einen Dollar pro Tag und danach zehn Dollar pro Tag bezahlen konnte, und dein Vater ist fast so arm, wie es mein Vater war.«

»Was für ein Mensch war er, Papa?«

»Er war ganz in Ordnung, aber er ist schon mit siebenunddreißig Jahren gestorben. Einen Toten kann man nicht bitten, einem einen Dollar pro Tag zu bezahlen.«

»Es tut mir wirklich leid, dass dein Vater so früh gestorben ist.«

»Schon gut.«

»Ist es möglich, dass er gar nicht gestorben ist, sondern irgendwo weit weg lebt und eines Tages nach Hause kommt?«

»Schon wieder so eine wilde Idee. Davon hast du heute Abend ja jede Menge.«

»Ist es denn möglich?«

»Ich denke darüber nach und sage dir Bescheid.«

Wir fuhren noch eine Meile oder zwei weiter, dann sagte ich: »Was ist denn nun, Papa?«

»Womit?«

»Mit deinem Vater. Du bist *mein* Vater, und *du* bist nicht tot. Ich bekomme dich immer zu sehen, aber dein Vater ist gestorben, also hast du ihn danach nicht mehr zu sehen bekommen, du siehst ihn gar nicht mehr, aber ist es möglich, dass er vielleicht *doch nicht* tot ist und du ihn irgendwann wiedersiehst?«

»Ach so, *das*«, sagte mein Vater. »Na ja, obwohl ich schon fast drei war, als mein Vater vor zweiundvierzig Jahren gestorben ist, habe ich nicht sehr viele Erinnerungen an ihn. Wahrscheinlich habe ich ihn aber oft *gesehen,* denn ich weiß, dass du mich oft gesehen hast, bevor du drei warst. Ich kann mich erinnern, dass mein Vater einmal auf einen Wagen stieg, *Hü* zu dem Pferd sagte und der Wagen anfuhr, und ein paar Minuten später schlief ich hinten im Wagen ein. Das ist die einzige Erinnerung, die ich an ihn habe. Später habe ich gehört, dass er tot ist, und wenn man so etwas hört, glaubt man es immer. Aber lass mich noch eine Weile darüber nachdenken.«

»Okay, ich will das nämlich wirklich wissen.«

»Na ja«, sagte mein Vater schließlich. »Ich schätze, es läuft auf Folgendes hinaus. Er ist zwar gestorben, aber im Haus war immer ein Foto von ihm. Du weißt, welches ich meine, ich habe es dir an deinem sechsten Geburtstag geschenkt, und es hängt jetzt in deinem Zimmer über dem Schreibtisch.«

»Ich weiß. Ist es möglich, dass er vielleicht doch noch irgendwo ist?«

»Ja.«

»Weit weg?«

»Nein, ganz nah.«

»Hast du ihn gesehen?«

»Ja, das habe ich. Tatsächlich sehe ich meinen Vater jedes Mal, wenn ich *dich* ansehe.«

»Ehrlich?«

»Ganz ehrlich.«

»Aber nicht *wirklich*.«

»Nein, nicht wirklich, aber ich glaube, du weißt, was ich meine.«

»Ja, ich glaube, das weiß ich, Papa.«

56

ZWEIG

Eines Morgens sagte mein Vater: »Heute ist der letzte Tag des Jahres. Hier ist das Signalhorn, und hier ist die Trillerpfeife. Das Jahr ist um Mitternacht vorbei, also in siebzehn Stunden, aber lass uns einfach zum Spaß *jetzt* ins Horn blasen und pfeifen.«

Also taten wir es.

»Frohes neues Jahr«, sagte mein Vater.

»Frohes neues Jahr«, sagte ich.

Als wir am nächsten Morgen aufstanden, war es der erste Tag des neuen Jahres.

»Ich sehe überhaupt keinen Unterschied.«

»Ich schätze, es gibt auch keinen«, sagte mein Vater, »aber wo es nun mal der erste Tag eines brandneuen Jahres ist, wie wäre es da, wenn du in die Wanne steigst und dich gründlich säuberst?«

Ich ging ins Badezimmer und nahm ein Bad, anstatt zu

duschen. Ich stieg aus der Wanne, trocknete mich ab, und mein Vater hatte sämtliche Kleider von mir auf mein Bett gelegt.

»Such dir was aus«, sagte er von der Küche aus.

Ich zog mich an, kämmte mir die Haare und ging ins Wohnzimmer.

Mein Vater warf einen einzigen Blick auf mich und sagte: »Na, wenn das kein gut angezogener Junge ist. Und gerade rechtzeitig.«

Der Tisch war gedeckt, und mein Vater war dabei, das Essen daraufzustellen – heiße Pfannkuchen, Sirup, Kakao, Kaffee, Aprikosen aus der Dose, gekochte Eier, Speck, Butter, Marmelade, Käse und in Scheiben geschnittene Tomaten.

Wir setzten uns und machten uns über die Sachen her, und ich aß und aß, weil ein Bad, schätze ich, einen hungriger denn je macht.

»Das ist das beste Frühstück, das ich jemals bekommen habe.«

»Iss ruhig weiter. Ich habe noch mehr heiße Pfannkuchen im Ofen. Ich will selbst auch noch welche.«

»Woher hast du den Sirup?«

»Selbst gemacht. Das ganze Glas hat ungefähr drei Cent gekostet. Wir sparen Geld, wo es nur geht.«

»Schmeckt richtig gut, besonders mit Speck dazu.«

»Ich dachte, wir gönnen uns am ersten Tag des neuen Jahres ein großes Frühstück.«

»Prima Idee.«

»Wir leben nur einmal, wie man so schön sagt.«

»Einmal reicht allerdings auch.«

»Möchtest du denn nicht zweimal leben?«

»Ich weiß nicht, Papa. Du?«

»Ich bin mir nicht sicher. Manchmal denke ich, ich würde gern mein ganzes Leben noch einmal leben, und manchmal danke ich Gott dafür, dass ich schon so viel davon hinter mich gebracht habe.«

»Essen ist allerdings schön. Besonders Frühstück.«

»Um Essen und Schlafen kommen wir einfach nicht herum, stimmt's?«

»Es macht Spaß«, sagte ich.

»Ja, das stimmt.«

»Am Leben zu sein, meine ich.«

»Ich weiß«, sagte mein Vater. »Es macht schon Spaß, aber es gibt im Leben jedes Menschen keinen Tag, an dem sich nicht auch ein bisschen Schmerz, Leid und Bedauern in den Spaß mischt.«

»Na und? Was macht schon ein bisschen Schmerz, Leid und Bedauern? Fahren wir in die Berge und wandern wir ein bisschen herum.«

»Okay«, sagte mein Vater. »Es ist deine Welt, weißt du.«

57

FRUCHT

Oben in den Bergen von Malibu wanderten wir herum, und es war toll. Man kam sich vor wie am Anfang der Welt, und alle Tiere versteckten sich an geheimen Orten. Dabei weiß man, dass sie da sind. Man weiß, sie haben die Augen offen, sie beobachten einen und denken über einen nach. Man kann es spüren. Die Tiere kommen nie zu einem, sie bleiben einfach in ihrem Versteck und beobachten einen. Sie wollen nichts von einem wissen. Sie wollen bloß, dass man sie nicht stört.

»Hast du schon mal mit einem Drachen gekämpft, Papa?«

»Als kleiner Junge habe ich so manche blutige Schlacht mit der unglaublichen Bestie ausgefochten.«

»Mit was für Drachen hast du gekämpft?«

»Mit *allen*. Mit Feuer speienden, aber auch mit fliegenden.«

»Hast du je mit einem Drachen gekämpft, der beides konnte, Feuer speien *und* fliegen?«

»Nein«, sagte mein Vater. »So einem bin ich zum Glück nie über den Weg gelaufen.«

»Ich schon. An dem Tag war ich so stark wie Samson. Ich habe ihn am Maul gepackt und ihm die Kiefer auseinandergerissen, während sein restlicher Körper sich hin- und hergeworfen und weitergekämpft hat.«

»Sehr gut.«

»Wir lügen uns ganz schön was zusammen, stimmt's, Papa?«

»Ja, das stimmt.«

»Ich wünschte, ein großer Phantasiedrache käme jetzt sofort aus seinem Versteck und würde kämpfen, weil ich ihm mit ein, zwei Tricks kommen würde – sie kämpfen unfair, weißt du, aber ich kenne ihre Tricks, und sie kennen meine nicht.«

»Was sind denn deine Tricks?«

»Schnelligkeit. Ich bin das schnellste Tier der Welt. Schnelligkeit und Kraft. Ich bin der stärkste Mensch, der jemals ein wildes Tier mit den Händen gepackt und in Stücke gerissen hat.«

»Sehr gut«, sagte mein Vater.

58

MÜNZE

Als wir in das Haus an der Malibu Road zurückkamen, klingelte das Telefon. Mein Vater nahm den Hörer ab, und ich beobachtete sein Gesicht, während er der Stimme am anderen Ende zuhörte. Er sagte viel über vieles, dann legte er auf, und ich fragte: »Wer war das?«

»New York.«

»Was will New York?«

»Jemand dort will, dass ich ein Stück schreibe.«

»Wozu?«

»Damit er es produzieren und Geld verdienen kann.«

»Machst du's?«

»Wenn er mir tausend Dollar schickt.«

»Macht er das?«

»Gesagt hat er es, aber man weiß nie.«

»Warum will er, dass *du* ein Stück schreibst?«

»*Gesagt* hat er, dass er mich für einen großartigen Schrift-

173

steller hält und deshalb will, dass ich ein Stück schreibe, aber ich weiß, dass das nicht der Grund ist.«

»Was ist denn der Grund?«

»Ich schätze, er dachte einfach, dass ich vielleicht bereit bin, auf seine Vorstellungen einzugehen, und wie du gehört hast, habe ich auch überhaupt nichts dagegen, wenn er mir einen Vorschuss von tausend Dollar zahlt und einen Vertrag aufsetzt, der für mich mindestens genauso sinnvoll ist wie für ihn.«

»Tausend Dollar sind eine Menge Geld.«

»Für dich und mich schon, aber in der Welt des Theaters ist es das, was man Peanuts nennt.«

»Egal ob Peanuts oder Popcorn, meinst du, er schickt es?«

»Vielleicht. Vielleicht tut er es *wirklich*. Er klang verzweifelt. Er braucht dringend ein Stück. Aber selbst wenn er die tausend schickt und der Vertrag taugt nichts, schicke ich den Scheck zurück.«

»Vielleicht ist der Vertrag ja in Ordnung.«

»Ich habe ihm meine Bedingungen genannt, aber so jemand erinnert sich nicht daran, was man ihm gesagt hat, wenn ihm nicht gefällt, was man gesagt hat.«

»Papa, wenn der Vertrag aber doch in Ordnung ist und er tausend Dollar schickt, dann sind wir reich.«

»Nein, ich habe dann einfach ein bisschen Geld, um ein paar kleinen Verpflichtungen nachzukommen, das ist alles.«

»Auf jeden Fall ist es aber besser als nichts, oder?«

»Sehr viel besser. Ehrlich gesagt bin ich ein bisschen aufgeregt, weil ich schon so lange so dringend Geld brauche.«

»Und wenn er das Geld schickt, musst du ein Stück schreiben, oder?«

»Ja.«

»Schreib ein Stück über dich und mich, Papa.«

»Okay. Die Frage ist bloß: Schickt er den richtigen Vertrag?«

»Immerhin hat er von New York aus angerufen. Klar schickt er ihn.«

»Das weiß man nie. Ich muss mir eine Kanne Kaffee kochen und anfangen nachzudenken, für den Fall, dass er es wirklich tut.«

59

FLEISCH

Mein Vater machte sich daran, eine Kanne Kaffee zu kochen, und ich machte mich daran, über ein Stück nachzudenken.

»Zuerst mal, was ist überhaupt ein Stück, Papa?«

»Vieles. Aber es geht darin, neben vielen anderen Dingen, *immer* um Menschen in Schwierigkeiten.«

»*Müssen* sie in Schwierigkeiten sein?«

»Ja, das müssen sie. Menschen können gar nicht anders. Sie sind immer in Schwierigkeiten, ob nun in einem Stück oder zu Hause.«

»Wir sind nicht in Schwierigkeiten.«

»Wir sind nicht in irgendwelchen *speziellen* Schwierigkeiten. Wir sind nicht in kleinen, unmittelbaren Schwierigkeiten, aber wir sind in der großen, klassischen Schwierigkeit.«

»Welche ist das?«

»Am Leben zu sein. Aber ich habe es nicht eilig, aus ihr herauszukommen.«

»Ich auch nicht.«

Ziemlich bald war der Kaffee fertig, und mein Vater goss sich eine Tasse ein.

Er begann im Haus herumzulaufen, trank Kaffee und beantwortete Fragen.

»Warum gibt es überhaupt Stücke?«

»Weil alle immer unbedingt herausfinden wollen, in was für Schwierigkeiten *andere* Leute stecken. Hunderte von Menschen kommen zusammen und sitzen nebeneinander in einem Theater, um das herauszufinden. Die Menschen, die Schwierigkeiten haben, bewegen sich in hellem Licht, und die Leute, die ihnen zusehen, sitzen im Dunkeln, als hätten sie das, was sie normalerweise sind, beiseitegestellt und wären zu dem einen oder anderen oder allen Leuten auf der Bühne, in dem Stück geworden. Aber eigentlich ist die ganze Geschichte sehr viel einfacher und zugleich sehr viel komplizierter.«

»Papa, ist denn jeder unzufrieden?«

»Ja, ohne Zweifel. Der Mensch ist sein Leben lang zumindest ein bisschen unzufrieden mit allem, angefangen bei seinen Eltern, seiner Welt, seiner Zeit, seinem Land, seiner Regierung und im Weiteren mit sich selbst, seiner Vergangenheit, seiner Gegenwart, vielleicht auch mit seinen Kindern, seinen Freunden und deren Kindern, weil es in seiner Wesensart liegt, nach Höherem zu streben und daher zu versagen, dann zu kritisieren und unzufrieden zu sein. Aber wir dürfen nicht vergessen, dass es ihm bei allem Kritisieren und Unzufriedensein *auch* ziemlich gut geht und er zumindest ein wenig stolz auf sich ist.«

»Ist auch jeder durcheinander?«

»Ja, jeder ist durcheinander, und er wird es zwangsläufig immer mehr.«

»Wieso?«

»Weil er immer mehr über sich selbst erfährt, und je mehr er über sich selbst erfährt, desto mehr gerät er durcheinander.«

»Bist du auch durcheinander, Papa?«

»Ich bin so durcheinander, dass ich ein Kochbuch schreibe, weil ich glaube, dass ich damit mich selbst und jeden, der das Kochbuch liest, wieder ein bisschen mehr ins Lot bringe.«

»Wie kann ein Kochbuch *das* schaffen?«

»Na ja, in einem Kochbuch geht es ums Essen, und Essen ist das Grundlegendste im Leben eines Menschen. Ich denke mir, wenn ich das Essen geordnet kriege, dann kriege ich auch alles andere so weit, dass es *neu geordnet* werden kann.«

»Papa, essen ist einfach nur essen, das ist alles.«

»Nein, so einfach ist es nicht, auch wenn es so *scheint*. Zunächst mal muss es etwas zu essen geben, aber der eine hat immer zu viel und der andere zu wenig. Dann hat eine ganze Nation zu viel und eine andere zu wenig. Eine dritte Nation hat fast überhaupt nichts, und es herrscht großer Hunger, der ständig größer wird, und das ist ein Problem. Bald geht das Problem über Mund und Bauch, Tisch und Speisekammer hinaus und greift auf Religion, Philosophie, Justiz, Ordnung, Zivilisation und Kultur über, und im Handumdrehen durchzieht es alles, was es im wirklichen Leben und in der Vorstellungswelt des Menschen gibt.«

»Ha, ha, ha. Du kannst vielleicht reden, Papa.«

»Du hast nie Mangel und Entbehrung erlebt. Aber wenn ich zum Beispiel in Indien geboren und arm wäre, hätte ich vielleicht nie erlebt, was es heißt, sich satt zu essen. Und du wärst vielleicht hungrig zur Welt gekommen, und dein Hunger würde vielleicht dein Leben lang nie gestillt werden.«

»Und dann?«

»Dann müsstest du mehr darüber nachdenken, als man darüber nachdenken müssen sollte, und das würde sich sehr stark darauf auswirken, wer du bist und wie du lebst.«

»Ist das Problem des Schreibens, alle mit Essen zu versorgen?«

»So in etwa, wenn auch nicht ganz in diesen Begriffen.«

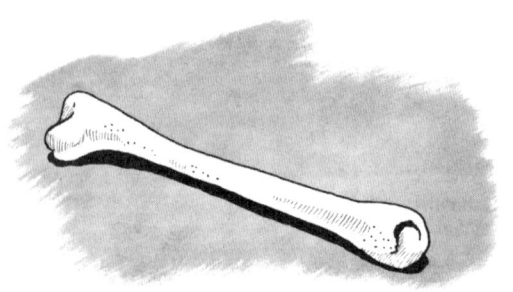

60

KNOCHEN

Mein Vater lief herum, also stand ich auf und lief auch herum. Ich dachte über das Stück nach, das mein Vater schreiben wollte. Dann dachte ich darüber nach, was für einen Grund es überhaupt für ein Stück gibt. Und dann dachte ich über Essen nach.

Was ist eigentlich Essen? Warum ist Essen so wichtig? Warum brauchen Menschen so viel davon – dreimal am Tag, jeden Tag, Jahr für Jahr? Warum leben sie von Essen und nicht von etwas anderem?

Wäre es nicht besser, wenn Menschen überhaupt kein Essen bräuchten? Wäre es nicht besser, wenn sie zum Beispiel von Luft leben könnten? Größer und stärker würden, indem sie Seeluft atmen oder die Luft der Berge, der Wälder, der Wiesen, der Weinberge und Obstgärten, der Weizenfelder, der Gärten überall auf der Welt? Wäre es nicht besser, wenn sie sich so am Leben erhalten würden?

Ich glaube schon, aber es ist nun mal nicht so. Es ist so, dass jeder Mensch zu essen anfängt, sowie er auf die Welt kommt, und weiter isst, bis er stirbt. Bestimmt nimmt jeder Mensch Tausende Kilos von Essen aller Art zu sich, bevor er stirbt. Brot, Milch, Fleisch und Gemüse, Obst und Nüsse, Eier und Käse, Fisch und Geflügel, Bohnen und Reis und alle möglichen anderen Sachen. Vom bloßen Nachdenken über alle diese Sachen wusste ich, dass Essen etwas sehr Wichtiges ist. Alle fünf, sechs Stunden müssen Millionen von Menschen auf der ganzen Welt etwas zu essen haben, und von *irgendwoher* müssen sie das Essen bekommen.

»Gibt es eigentlich genug Essen für alle?«

»Ja, ich glaube, das kann man sagen.«

»Das hilft wenigstens ein bisschen, oder?«

»Ein bisschen, aber nicht genug, weil nicht genug Menschen genug Geld haben, um sich das Essen kaufen zu können, das sie brauchen. Oder sie verdienen nicht genug, und damit wird das Problem kompliziert.«

»Reden wir immer noch über das Stück, das du schreiben willst?«

»Ja. Jedenfalls reden wir vom besseren Teil des Stoffes, der die Quelle ist für *jedes* Stück. Das heißt von den Grundbedürfnissen jedes Menschen – jedes lebenden Menschen auf der Welt. Und das grundlegendste aller Grundbedürfnisse ist Essen.«

»Und was ist das *zweit*grundlegendste?«

»Obdach. Jeder braucht einen Platz, wo er sich hinlegen und schlafen kann.«

»Und was braucht er noch?«

»Arbeit. Wenn ein Mensch Essen und Obdach hat, braucht

er eine Arbeit, durch die er all die anderen guten Dinge erlangen kann – Frau, Kinder, Zeit, Gesundheit, Humor. Als Erstes muss er Gesundheit erlangen, die aus der Gewissheit kommt, dass er sich sein Recht, zu essen und ein Haus zu bewohnen, erarbeitet. Wenn ein Mensch nicht arbeitet, wird er krank.«

»Warum?«

»Weil Krankheit daher kommt, dass man nicht gebraucht wird. Jeder Mensch will gebraucht werden.«

»Warum schreibst du nicht *darüber* ein Stück?«

»Ich denke darüber nach, aber es ist nicht einfach, denn bevor man Leute in einem Theater belehren kann, muss man sie unterhalten, und es ist nicht einfach, gleichzeitig zu belehren und zu unterhalten. Dafür muss man ein sehr guter Schriftsteller sein.«

»Du bist ein sehr guter Schriftsteller, Papa. Du kannst das.«

»Danke. Jedenfalls kann ich sehr viel Kaffee trinken.«

Mein Vater goss sich noch eine Tasse ein, die fünfte, glaube ich, und nahm einen Schluck, und mir kam der Gedanke, dass es, anstatt über ein Stück nachzudenken, vielleicht besser wäre, wenn wir am Strand spazieren gingen.

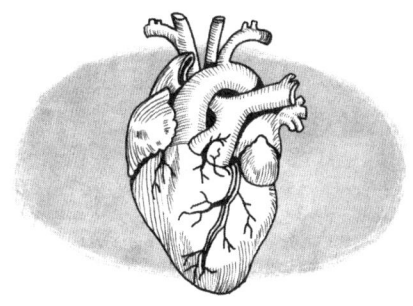

61

HERZ

Mir gefiel der Gedanke nicht, dass mein Vater ständig über das Geldverdienen nachdenken musste, denn solche Gedanken machen keinen Spaß.

»Papa, kannst du nicht eine *Maschine* erfinden, die Stücke schreibt?«

»Na ja, Balzac hat einmal ein halbes Dutzend Leute für sich schreiben lassen, und es hat andere Schriftsteller gegeben, die andere Schriftsteller dafür bezahlt haben, dass sie für sie schrieben, weil sie sich einen Namen gemacht hatten und ausruhen wollten, aber ich habe noch nie von jemandem gehört, der eine *Maschine* hatte, die ihm das Schreiben abgenommen hat.«

»Maschinen machen doch auch alles andere, Papa. Wenn du so eine Maschine hättest, müsstest du nur zu ihr hingehen, den Strom einschalten und dann zu ihr sagen: ›Ich möchte ein sehr lustiges Stück über Leute und Essen.‹ Und dann könntest du weggehen, und wenn du drei Stunden später wiederkommst, wäre das ganze Stück geschrieben, und du müsstest es dann nur noch lesen und schauen, ob es dir gefällt.«

»Das wäre schon schön, so eine Maschine zu haben.«

»Erfinden wir eine.«

»Wie denn?«

»Es gibt doch schon Maschinen, die alles andere können. Ich habe sie im Fernsehen gesehen. Alles, was man tut, ist einen Knopf drücken.«

»Ich glaube nicht, dass ich mir von einer Maschine das Schreiben abnehmen lassen möchte, selbst wenn es so eine Maschine gäbe.«

»Wieso denn nicht? Es dauert zu lang, ein Stück zu schreiben, Papa. Das lohnt sich nicht.«

»O doch, und ob es sich lohnt. Und es dauert überhaupt nicht zu lang. Wenn ein Schriftsteller bis zu seinem Tod nur ein einziges gutes Buch schreibt, dauert es trotzdem nicht zu lang, selbst wenn er neunzig wird, denn ein gutes Buch ist ein gutes Buch, und früher oder später stirbt sowieso jeder, und sobald man tot ist, war's das, und kein Mensch hat der Welt jemals etwas Besseres hinterlassen als ein gutes Buch.«

»Aber warum kann ein Schriftsteller ein Stück nicht *schnell* schreiben? Warum muss er denken, sich sorgen, herumlaufen und Kaffee trinken?«

»Ein Mensch ist ein Mensch, aber bevor er ein echtes Kunstwerk schaffen kann, muss er zum Engel werden.«

»Ach ja?«

»Ja. Für einen Augenblick oder für eine Reihe einzelner Augenblicke muss ein Mensch zu einem Werkzeug Gottes werden, einem Werkzeug von Liebe, Wahrheit, Schönheit, Ordnung, Sinn und anderen solchen Dingen.«

»Was ist mit den Flügeln?«

»Flügel hat er keine.«

»Hat es einmal wirkliche Engel gegeben, wie die, die ich auf Bildern in der Bibel gesehen habe?«

»Das sind zwar schon Bilder von Engeln, und sie sind durchaus wirklich, aber sie sind es nur in der menschlichen Vorstellung oder Seele.«

»Ein wirklicher Engel *außerhalb* der Seele? Hat es so einen schon mal gegeben?«

»Nein. Sie sind nie außerhalb der Seele. Nur *wir* sind außerhalb der Seele, aber wir sind zugleich auch immer innerhalb der Seele, und manchmal wird einer von uns zum Engel.«

»Wozu ist das gut?«

»Es hilft«, sagte mein Vater.

Ich rannte auf ihn zu und schubste ihn.

Die Tasse Kaffee in seiner Hand klapperte, und der Kaffee schwappte über. Mein Vater stellte die Tasse auf den Tisch und nahm die Herausforderung zum Ringen lachend an.

Ich kriegte ihn richtig zu packen, weil ich kleiner und schneller bin als er, aber er befreite sich ziemlich bald, lachte dabei unentwegt und sagte dann: »Na schön, du hast gewonnen. Wozu hast du Lust?«

»Rauszugehen und das blöde Stück zu vergessen. Lass uns an den Strand runtergehen und einen Eimer voll dicke Muscheln sammeln, und dann bringen wir sie hierher, schaben sie mit dem Fischmesser sauber, kochen und essen sie. Du brauchst eine Pause, Papa.«

»Okay. Dann machen wir Pause.«

62

RING

Die Muscheln waren richtig dick. Sie waren purpurschwarz, lang und gewölbt. Sie wollten sich nicht von dem großen, vulkanischen Felsen abpflücken lassen, aber wir pflückten sie trotzdem ab und warfen sie in einen Gummieimer. Als der Eimer voll war, hob mein Vater ihn auf, schaute sich um, betrachtete das Meer, das kam und ging und gegen den großen Felsen platschte, und sagte: »Junge, Junge, wir haben uns eine schöne Portion Muscheln besorgt, und ich bin wirklich froh, dass du mich ermahnt hast, nach draußen zu gehen, anstatt drinnen zu bleiben, Kaffee zu trinken und mir darüber klar zu werden, was für ein Stück ich schreiben soll.«

»Lass uns erst später nach Hause gehen und die Muscheln säubern und kochen«, sagte ich. »Tun wir so, als wärst du ich, und ich du. Du bist zehn Jahre alt, und ich bin fünfundvierzig.«

»Okay«, sagte mein Vater.

Ich dachte eine Weile über das Fünfundvierzig-Sein nach, und dann war ich plötzlich fünfundvierzig, und mein lieber Mann, ich fühlte mich vielleicht alt! Aber zugleich fühlte ich mich auch richtig gut. Ich dachte über meinen Vater als mich nach, und dann war er plötzlich ich, und da wusste ich, dass ich so weit war, über das neue Stück nachzudenken.

Das Erste, was meinem jetzt fünfundvierzig Jahre alten Kopf einfiel, war ein Stück Treibholz zu nehmen und einen sehr großen Kreis in den Sand zu ziehen.

»Sieht gut aus«, sagte mein Vater.

»Und ob das gut aussieht«, sagte ich. »Ein Kreis, und ich stehe genau in der Mitte, und du stehst außerhalb davon.«

»Ja, stimmt.«

»Aber das ist erst der Anfang. Siehst du, dieser Kreis ist der Ort, wo man *wirklich* denken kann. Jeder will hinein, weil jeder denken können will.«

»Was denkst du denn?«, fragte mein Vater.

»Ich denke, was für ein Glück ich habe, dass ich endlich in dem Kreis stehe. Du möchtest bestimmt auch hinein, aber das geht nur, wenn du mir sagst, was ich denke.«

»Du denkst, was für ein Glück du hast, dass du in dem Kreis stehst.«

»Falsch. Das *habe* ich gedacht, aber jetzt denke ich etwas anderes.«

»Dann denkst du, was für ein *Pech* du hast, dass du in dem Kreis stehst.«

»Falsch.«

»Du denkst, dass ich nie erraten werde, was du denkst.«

»Falsch.«

»Du denkst über das Stück nach«, sagte mein Vater.

»Richtig. Wie hast du das erraten?«

»Ich weiß nicht. Ich schätze, ich habe es erraten, weil ich auch darüber nachdenke. Komme ich jetzt in den Kreis hinein?«

»Klar.«

Mein Vater trat in den Kreis, und ich trat hinaus. Jetzt war ich an der Reihe zu erraten, was er dachte.

»Du denkst über Geld nach«, sagte ich.

»Richtig«, sagte mein Vater.

Er trat heraus, und ich trat hinein, und wieder versuchte er zu erraten, was ich dachte. Er riet mehr als zehn Mal falsch, und dann fing ich an zu lachen, und er sagte: »Okay, ich gebe es auf. Was denkst du denn nun?«

»Ich denke, wie traurig es sein muss, nicht am Leben zu sein.«

»Wieso habe ich nicht erraten können, dass du das denkst?«

»Weil du erst zehn Jahre alt bist«, sagte ich, »und nicht so klug wie ich. Los, Papa, wir *ringen* in diesem Kreis.«

Mein Vater kam in den Kreis, wir packten einander und begannen zu ringen.

Während wir rangen, hörten wir Donner und sahen Blitze, und mein Vater sagte: »Endlich ein bisschen Regen, Gott sei Dank.«

63

REGEN

Wir hörten auf zu ringen und marschierten im Regen los.

»Papa«, sagte ich, »vergessen wir beide das mit dem Schreiben. Du vergisst das Kochbuch und das Stück für den Mann in New York, und ich vergesse den Roman.«

»Und an was sollen wir uns dann erinnern?«

»An gar nichts. Das ist zu mühsam. Was kümmert uns das alles?«

»Das ist unmöglich«, sagte mein Vater. »*Irgendetwas* muss einen kümmern. Willst du denn deinen Roman nicht schreiben?«

»Ach, Papa, was verstehe ich denn schon von solchen Sachen? Mir fällt alles Mögliche ein, so wie jedem, aber ich weiß nicht, wie ich das Zeug in Worte fassen soll. Vergessen wir das mit dem Schreiben.«

»Okay. Kein Nachdenken mehr über das Schreiben.«

»Es geht mir schon besser«, sagte ich.

»Ja, mir auch, schätze ich«, sagte mein Vater, »aber ich denke immer noch über *Geld* nach. Ich brauche immer noch Geld.«

»Also gut, denk ein bisschen über Geld nach.«

»Durchs Darüber-Nachdenken komme ich aber an keins.«

»Also gut, dann denk darüber nach und komm an welches.«

»Ich weiß nicht wie, außer durch Schreiben.«

»Ach, was soll's, Papa«, sagte ich, »ich schätze, dann bleibt dir nichts anderes übrig. Dann musst du wohl Schriftsteller sein, aber *ich* nicht – was soll's. Ich werde Landstreicher.«

»Okay«, sagte mein Vater. »Ich wäre wirklich auch gern Landstreicher, aber ich habe meine Chance verpasst. Ich schätze, ich werde immer Schriftsteller bleiben müssen, so ist das nun mal.«

»Kannst du nicht irgendwie anders Geld verdienen?«

»Ich fürchte nein. Mit dem Schreiben verdiene ich weiß Gott nicht viel, aber ich verdiene wenigstens *etwas*.«

Eine Zeit lang unterhielten wir uns nicht. Wir gingen einfach durch den Regen, hörten ihm zu, und mir war irgendwie traurig und einsam zumute.

»Papa?«

»Ja?«

»Ich hab's mir anders überlegt.«

»Wie meinst du das?«

»Ich bin wieder Schriftsteller, Papa. Du schreibst das Kochbuch und das Stück, und ich schreibe den Roman. Ich werde einfach *lernen,* wie das geht.«

»Ehrlich?«

»Ganz ehrlich.«

»Aber *warum*?«

»Verstehst du das denn nicht, Papa, ich *muss* auch Schriftsteller sein.«

»Ich glaube, das ist so ziemlich der stolzeste Moment meines Lebens.«

»Aber lass uns um Himmels willen Zeug schreiben, das die Leute zum Lachen bringt, Papa, auch wenn wir kein Geld damit verdienen, denn welchen Sinn hat das Leben, wenn die Leute nicht lachen?«

»Überhaupt keinen«, sagte mein Vater.

Wir gingen durch den Regen und dachten über unsere Arbeit nach. Es ist eine schwere Arbeit, aber ich weiß, mein Vater wird seinen Teil tun, und ich weiß, ich werde *versuchen,* meinen zu tun.

Inzwischen regnete es richtig stark, aber das machte uns nichts. Wir gingen einfach weiter – *weg* von zu Hause.

Wir wussten ja, es war da.